Leyen

/

Caio
Zerbini

romance

Editora Quelônio

Aos meus pais e aos meus irmãos

1.

O metrô emerge do subsolo em corte seco; cala-se o maciço grito industrial. Manchas cinzas frenéticas tornam-se cidade e céu azul. A luz do sol, agradável, me atinge por inteiro e dá vida ao vermelho do meu mochilão. Leitores, papeadores e outros desatentos não notam a mudança, sequer olham pela janela, mas seus corpos respondem, estão mais relaxados. "Estação Armênia." A nova situação me faz querer ficar inerte, fotossinteseando por mais alguns instantes, mas a voz fantasma prossegue inexpressiva: "Próxima estação: Tietê". Levanto, repouso a mochila no assento reservado às grávidas, livro a outra mão do ferro e me equilibro sobre o chão instável. A trilha sonora na minha cabeça é "Surfin' USA".

As portas do trem se abrem, pego a mala e sigo rumo ao terminal. Ao fim da rampa que liga as estações do metrô e rodoviária, me deparo com um relógio oval, preso no teto por um mastro. Na parte de baixo, um letreiro de LED vermelho mostra a data: 08/07/2008. Acima dele, ponteiros dourados indicam qualquer quebrado entre meio-dia e cinco e meio-dia e dez. Meu ônibus só parte à uma, e estou cansado pra burro.

Vou perambulando sem rumo, percorro todo o andar; reparo nas lojas de revistas e discos e nas tendas que vendem pão de queijo e afins, tudo enfeitado com bandeiras juninas vencidas. As ilhas de cadeiras alaranjadas, distribuídas por todo canto, estão quase vazias, assim como as bilheterias e plataformas, lá embaixo. É um dia calmo num lugar regularmente caótico.

Entro num café, onde penso que ficarei até a hora da partida. Peço um expresso e uma coxinha, acrescento à bandeja um pacotinho de açúcar e dois sachês de mostarda. Passeio o olhar pelas mesas. Escolho uma bem ao canto, devassada pelo sol que entra por enormes janelões de vidro fixo. Os outros dois núcleos de clientes preferem a sombra, que não está longe. O mais próximo é composto apenas por um senhor alto, na faixa dos cinquenta e com pinta de professor universitário. Uma porção bem definida de cabelos brancos circunda sua lustrosa careca avermelhada. Enquanto sorve um cappuccino, anota sobre um caderno com capa de chuvisco de tevê. Sobre a mesa, escancara-se um livro grande, bege, com título em letras garrafais: *INTELIGÊNCIA EMOCIONAL*. Na parte superior da capa, em letras vermelhas muito menores, o autor: *Daniel Goleman, PhD*. Na parte de baixo, ainda, um subtítulo: *A Teoria Revolucionária que define o que é ser INTELIGENTE*. Já ouvi falar sobre esse livro na Poli, lembro da aula como se fosse ontem. O professor, um cara chamado Roy, falava com idolatria do tal Goleman. Dava para notar certa submissão no seu rosto enquanto discorria sobre a importância da teoria do autor nas organizações. Paralelo à explanação, um grupo de alunos engravatados especulava sobre a corrida de fórmula 1 do Bahrein, no fim de semana seguinte; seus cochichos eram menos discretos que um berrante.

A Poli não é pra mim. Fiz a última prova semestral há menos de um mês e estou determinado a não mais voltar. Nem tranquei a matrícula nem nada, tamanha minha convicção. Também não quis saber se vou ser jubilado. Na verdade, não volto a cursar faculdade nenhuma. Em dois anos e meio de engenharia na USP, aprendi mais do que tudo que a universidade não tem outra função senão a de ludibriar os alunos e desumanizá-los.

Mas sei que posso voltar atrás, e isso me chateia. É bem possível que eu volte a cursar alguma faculdade. Talvez por medo de me desgarrar da manada, ou por mudar de ideia mesmo. Percebo que estou passando por um momento turbulento, e que convicções podem, no fundo, ser impulsos que não perduram. E se eu encontrar alguém por quem me apaixone? Pode isso mudar minha visão de mundo, minha conduta? Conduta? Não existe conduta, tampouco visão de mundo, pelo menos de que eu tenha consciência. E para ser bem sincero isso não me incomoda em nada, até me dá algum orgulho. Gostaria de ter a coragem da Lisa.

Enquanto como a ponta da coxinha — só massa, nada de frango ou requeijão ou mostarda — e observo esse sujeito à minha frente, que pode estar indo para Limeira ou chegando de Salvador, a única coisa que sei é que não piso mais na Poli. Posso até voltar a alguma porcaria de faculdade, mas não à Poli.

Um casal visivelmente estrangeiro — ambos vertiginosamente altos e de pele muito branca e rosada — ocupa uma mesa perto da saída. O homem, um varapau de cabelos ruivos e barba por fazer, estuda um mapa do tamanho da mesa. Não demonstra muita compreensão ou paciência. Usa sandálias esportivas, bermuda preta de pano, camisa azul de mangas curtas e um boné vermelho do St. Louis Cardinals, o que me faz supor que sejam americanos e não europeus. A mulher, magra e gigante, quase do tamanho do marido, usa pisantes iguais aos dele, bermuda cáqui e camiseta regata branca. O cabelo repicado e os olhos pretos, que parecem duas jabuticabas, contrastam forte com a pele cor de leite. Gringos, sem tirar nem pôr.

Tomo o último gole do café amargo. Sinto um misto de ternura e inveja pelo casal. Poderia ir lá trocar ideia, oferecer algum tipo de ajuda, mas é melhor não, são turistas independentes. Aposto que já viajaram a América Latina inteira antes de chegarem aqui, e nas férias de verão passadas devem ter mochilado pela África, ou irão nas próximas, se ela não estiver grávida.

Ternura e inveja fundem-se numa emoção densa que toma conta de mim. Me sinto um bocado sozinho e triste. Afasto a bandeja e começo a brincar com o saleiro. Jogo punhados de sal sobre a madeira clara e faço círculos de diversos diâmetros com o dedo, mas as letras vermelhas no pacotinho de açúcar interrompem a concentração do passatempo: "Coma mais sobremesas". Rasgo o papel, despejo o conteúdo sobre a mesa e noto que os grãos de açúcar são mais grossos que os de sal. Misturo os dois em proporção igual de matéria. Se o equilíbrio da mistura for eficiente, qual será o gosto? Ora salgado, ora doce ou homogeneamente neutro? Terão açúcar e sal gostos puramente doce e salgado, sem timbre? Desconfio que não. Talvez o salgado nem seja o oposto do doce. Talvez o amargo cumpra melhor esse papel. Ou o azedo, sei lá. Essa divagação disputa minha atenção com outras, menos corriqueiras, mas ainda divagações. A verdade é que estou triste pra diabos. Mas a tristeza que se apodera de mim é real, não nasce de alguma pressão externa que me obriga a ser feliz. Não sei se a súbita consciência disso me deixa mais ou menos triste.

Não provo a mistura. Arrasto-a com a mão esquerda até a beirada da mesa, juntamente com o excesso de sal rejeitado pela experiência, e despejo tudo sobre a mão direita, em formato de conchinha. Jogo o pó branco na xícara vazia, camuflando a borra do café. Ainda faltam vinte pra uma. Penso em reler pela enésima vez a carta da Lisa, que está no bolso esquerdo da calça, mas não quero fazê-lo tendo que olhar pro relógio o tempo todo. Sem nenhuma ideia alternativa que dure menos que um terço de hora, sigo rumo à plataforma quarenta e sete.

Noto um aglomerado de pessoas semicirculando o bagageiro do ônibus e lembro que não preenchi aquele maldito papelzinho grampeado na passagem. Pela primeira vez na vida, entre tantas em que já me encontrei nessa situação, tenho uma caneta, fácil, no bolso. Enquanto escrevo meus dados, observo aquela gente se esgoelando para guardar a bagagem, como se o ônibus fosse partir no meio do processo. Inspeciono com curiosidade meus companheiros das dezessete horas seguintes, ou dezesseis, ou quinze, sei lá. Como de costume, reparo primeiro nas crianças. São poucas, três que eu consiga ver. Um garoto aparentando oito ou nove anos ziguezagueia ligeiro por entre malas e adultos afoitos, como se aquilo fosse um esporte olímpico e ele estivesse disputando o ouro. É gordinho mas muito ágil. Está compenetrado na brincadeira, cauteloso para não esbarrar nos obstáculos — pessoas e bagagens aos olhos dos outros —, como se isso fosse lhe render a perda de alguns pontos. Usa óculos com armação azul e uma camiseta camuflada, estampada na frente com letras brancas: Exército de Cristo – Aliste-se. Crianças de óculos são o maior barato. Me identifico de imediato, aposto que vai tirar de letra a longa viagem.

Uma garotinha um pouco mais nova observa atenta a brincadeira. Talvez para ela também aquilo seja um esporte olímpico e ela esteja assistindo de camarote. Não repara como alguns adultos se incomodam com a agitação do menino e outros nem o notam, talvez por sua agilidade. Está afastada do burburinho, a cerca de dois metros da fronteira inexistente. Aperta firme uma das mãos do pai, que carrega revistas na outra e conversa aos berros com sua esposa, em posição privilegiada para etiquetar e se livrar da bagagem. Usa um conjuntinho de moletom rosa, trancinhas no cabelo e uma mochilinha amarela com a inscrição Turma do Funil. Vibro, principalmente depois de ver a mochilinha.

A terceira criança está no colo da mãe, uma mulher jovem, de aparência tão bonita quanto amarga, na casa dos vinte e cinco. Vasculha com a mão livre uma bolsinha de couro vermelha à procura das passagens. A atenção do filho, alheio ao frenesi, não possui objeto fixo. Tem uns três anos de idade e observa o mundo com olhar de filósofo. Uma das mãos está apoiada na bochecha da mãe, dando nela eventuais tapinhas. A mulher provavelmente atribui sua raiva àquele gesto inocente, mas se controla para não reprimir a criança. Finalmente acha as passagens, que entrega ao funcionário, e ambos, mãe e filho, desaparecem pela porta do ônibus.

Já preenchi o papel há tempos. Pego minhas coisas e me dirijo à catraca. O movimento no bagageiro diminuiu bastante. O garoto de óculos cessou a brincadeira e, ofegante, está na fila para embarcar ao lado de uma mulher com roupa de festa e maquiagem pesada.

Passada a catraca, me deparo com a frente do ônibus, que parece meio arrepiante vista tão de perto. Sinto em dose homeopática o pavor do atropelado instantes antes do acidente. No canto inferior esquerdo do para-brisa, formando um *ele* invertido com o limpador, um painel luminoso anuncia, alternadamente, origem, destino e horário de partida: São Paulo, Brasília, 13:00, São Paulo, Brasília, 13:00. Vou até o bagageiro e deixo minha mala. Em troca, recebo um adesivinho digno de ser perdido ao longo da viagem. Decido me empenhar em contrariar o óbvio: pego a carteira na mochila escolar, que tirei de dentro da maior, e colo a etiqueta na parte interna.

Caminhando lentamente pelo corredor do ônibus, mais observo as pessoas do que procuro o assento vinte e dois. Alguns pares de cadeiras chamam minha atenção: um casal de idosos, ela ajeitando algumas coisas sob o assento, ele, chapéu Panamá marrom-escuro, olhando pela janela; uma universitária charmosa com fones de ouvido, dançandinho sentada, a poltrona a seu lado ocupada por uma bolsa de vinil rosa. Que música estará ouvindo? Diversas opções pipocam na minha cabeça, mas nenhuma me convence.

O vinte e dois fica na janela, do lado esquerdo do ônibus, a distância entre o motorista e o banheiro é mais ou menos a mesma. Ninguém ocupa o vinte e um. Fico na dúvida se isso é bom ou ruim. Talvez preferisse a companhia da garota dançante, mas não sei. De qualquer forma, é possível que alguém suba em alguma parada para ocupá-lo, mas por enquanto é o assento da mochila preta da Risca, velha de guerra.

Vasculhando minhas coisas na suspeita de ter esquecido a escova de dentes, percebo que estou sendo observado. É o garoto que vi no colo da mãe, ainda fora do ônibus. Olha para mim como se eu fosse uma peça de museu. A mãe, que não parece mais irritada, se distrai com a rodoviária através da janela. Ocupam o vinte e três e o vinte e quatro, do outro lado do corredor. O garoto não para um segundo de me encarar, está todo despenteado, com suas sandalinhas de couro. Sorrio e ele responde com uma careta. O barulho do motor surge suave, grave. O motorista, um baixinho careca, aparece no corredor. Veste camisa branca, gravata vermelha e crachá da Real Expresso.

"Meu nome é Iraci, vou conduzi-los até Uberaba, onde haverá troca de motorista. Daqui a três horas vamos parar em Pirassununga para um lanche. Tenham todos uma boa viagem."

O ônibus manobra, o sol forte penetra pelo vidro na medida certa. Me sinto muito bem, uma calmaria agradável toma conta de mim. Sei da instabilidade desse estado, mas isso não muda nada.

2.

Minha satisfação aumenta agora que saímos da marginal e uma placa indica a rodovia dos Bandeirantes. Não tinha pensado sobre qual estrada leva a Brasília, nem que isso pudesse fazer diferença, mas a pista ampla e o verde das árvores alimentam meu bem-estar. A vista da janela é fator importante numa viagem longa e solitária, ainda mais sem walkman ou evolução que o valha. Penso que se estivesse na Dutra, por exemplo, com aquele jeito de avenida Santo Amaro, poderia ficar emburrado. Mas notar que estou na Bandeirantes, e que mais pra frente estarei na Anhanguera, mais do que qualquer coisa me lembra da Lisa. Da carta da Lisa. Do que ela diz que sentiu quando esteve pouco adiante daqui.

Tento entender suas emoções. Olho através da janela, noto o sol no meu rosto, ouço o barulho do ar-condicionado, já não sei o que sinto. Também não me lembro mais das palavras da Lisa ou consigo imaginar o que ela sentia. Exercício estúpido esse, tentar entender os outros, comparar-se a eles. Prefiro só pensar na Lisa, sem tentar entendê-la. Amanhã vamos nos encontrar depois de tanto tempo e não estou ansioso. Agora não. Isso é bom, pode ser um sintoma de mudança, uma espécie de amadurecimento. Penso qualquer coisa, tudo são devaneios, não posso antecipar o contato. Pego a carta no bolso, não tenho pressa de nada. As folhas de caderno, arrancadas de algum espiral, já estão amarrotadas. Como sempre, a primeira visão da caligrafia da Lisa, infantil, provoca um arrepio interno, só interno, não dos que levantam os pelos do braço.

Nico,

estou há duas horas numa rede pensando no que te escrever. Devo estar com o rosto e os olhos vermelhos e o cabelo todo bagunçado. Meu cabelo, por sinal, tá curtinho, igual à época de criança no prédio. Engraçado, quando lembro do meu cabelo curtinho lembro mais do prédio do que da escola. Das tardes na caixa d'água.

Desde que saí de São Paulo você é a pessoa em quem mais penso. Na real, acho que não houve um dia em que sua imagem não tenha surgido no meu pensamento. Lembrar de você, de você e de mim, me ajuda a entender algumas emoções intensas que vêm e vão, como fantasmas parasitas e nômades que se hospedam na minha mente e depois partem. Peço desculpas por não ter te escrito ou telefonado nesses dois anos, mas o afastamento foi importante pra mim. Ligo de tempos em tempos pra minha mãe porque seria muita crueldade se não ligasse, mas é contra minha vontade. Acho que ela te conta quando eu ligo. Não quero que ela ou você ou ninguém me reporte como desaparecida pra polícia ou coisa do tipo. Pra falar a verdade, tenho medo que minha mãe ainda faça isso algum dia.

Minha viagem foi uma decisão repentina e inadiável. Estava desesperada, não suportava sair de casa, ver pessoas. Todo mundo me tratava como louca, desequilibrada. Tinham medo de mim. Eu dava importância, não sabia lidar com isso. Minha vida não servia pra mim e o contexto inibia qualquer mudança. Eu me sentia impotente, Nico. São Paulo é mesmo insuportável, o pior lugar do mundo pra qualquer pessoa minimamente sensível. Logo que saí fui atrás daquela comunidade em Tocantins sobre a qual te falei. Achei que nunca encontraria, nem tinha tanta certeza se existia, mas não importava, só queria estabelecer uma meta, pelo menos pra comprar a passagem de ônibus. Na viagem refleti sobre tudo que estava se passando comigo. Conforme ia me afastando com o ônibus de São Paulo, compreendia que a cidade grande apresenta a poucos possibilidades de conforto interno. Oferece sobretudo aos pragmáticos, empreendedores, qualquer que seja a área de seus empreendimentos. Os outros se adaptam à força ou vivem à margem.

Conforme essa ideia se formava na minha mente, eu me sentia forte e com medo ao mesmo tempo, medo excitante, fundamental. O medo que mais nos limita é o do próprio medo. Acho que isso se apreende com experiência, não se aprende duma hora pra outra. Mas se posso apontar um momento em que essa ideia se tornou evidente pra mim, foi nesse afastamento mental e físico da selva de pedra, enquanto observava as infinitas plantações de cana de açúcar na Anhanguera — Sugarcane Fields Forever, *que a gente nunca ouviu — e tremia inteira, por dentro e por fora.*

No quinto dia da viagem encontrei a comunidade. Fui bem recebida, reaprendi a me relacionar com as pessoas. Eles trabalham com a ideia de cada indivíduo obter autoconhecimento por meio de processos coletivos. Na verdade, nunca acreditei muito que isso fosse possível, mas ao mesmo tempo nunca estive num lugar onde minha individualidade fosse tão respeitada. Tudo bem que eu não acreditasse no resultado do que eles pretendiam, o processo me encantava, não se espera nada de ninguém ali. Na primeira noite lembrei de Idiotas. *Não que a comunidade seja parecida com a do filme, não é, mas gastei horas pensando no que se passou na cabeça do sujeito que escreveu aquele roteiro. Surgiram ideias interessantes.*

Morei um ano lá, apreendi muita coisa. A organização deles é incrível, são praticamente autossuficientes. Isso foi um lance importante que saquei naquele lugar. De fato, precisa-se de muito pouco pra viver bem. E mais, tudo que é excesso não colabora em nada pra uma vida melhor. Você já pode ter ouvido isso, mas morando em São Paulo é impossível dar real sentido a essa ideia. Só vivendo uma experiência como a da Terceira Margem é que se percebe de fato o quanto precisamos de pouco, sem degradar minimamente a natureza nem nada.

Mas saí. Em parte porque realmente estava querendo construir minha autoridade pessoal, ser responsável por tudo que pulsava dentro de mim, e achava que precisava de outras experiências que contribuíssem com isso. Não quero ficar falando muito sobre a Terceira Margem, em respeito à comunidade e tal, mas havia encontros, rituais, no sentido menos pejorativo que você conseguir dar ao termo, que se tornaram sem propósito pra mim. E pra viver numa comunidade tão pequena, tão isolada, saquei que era necessário dar sentido àqueles encontros.

Em parte, também, saí porque não me achava madura o suficiente pra viver lá. Ainda tinha e tenho alguma necessidade de me mostrar pro mundo, viver conectada ao globo. Vejo isso, hoje, como algo que precisa ser trabalhado, pois o globo não tem importância nenhuma.

Depois andei muito, vivi como nômade por alguns meses. Fui pro norte, pra Amazônia, morei em alguns lugares no Pará e no Amapá, às margens do Oiapoque. Não vou falar aqui sobre essas experiências. Realmente não quero te escrever muito sobre crenças, ideias e andanças que tive e fiz durante esse tempo, não nesta carta.

Percebo, e isso é claro pra mim, que estou muito sozinha, que sinto a falta de vínculos duradouros. Não temo mais minha subjetividade, não exerço pressões sobre mim mesma, mas a solidão me assola. Penso que as únicas pessoas com quem criei verdadeiros vínculos foram meus pais, você e o Luiz.

Hoje, Nico, estou morando em Goiás, numa cidade muito pequena, próxima à Chapada dos Veadeiros. Como disse, eu me sinto sozinha, mas não quero voltar pra São Paulo de forma alguma. Gostaria muito de te ver. Não quero te pressionar, não tenho a menor ideia do que você anda fazendo por aí, das coisas que passam pela sua cabeça. Não sei se você está com a Julia, se continua na Poli, se trabalha como engenheiro... Sei que a vida na cidade e suas normas dificultam essas viagens, mas deixo a proposta. Quem sabe em julho? Podemos percorrer a Chapada, conheço bastante por aqui, há muito o que fazer, diversas cidades e comunidades que podemos visitar. Planeje com calma. Se vier, me diga o dia da chegada. Posso te encontrar em Alto Paraíso ou até em Brasília, como preferir.

De qualquer forma, mesmo que não venha, me responda, contando qualquer coisa. Parece meio egoísta, depois de tanto tempo sem dar sinal de vida, "exigir" que você me escreva, mas sinto que você vai entender.

Com muito carinho, sempre,

Lisa

PS.: Meu endereço pra correspondência é o indicado no remetente.

Dobro a carta e a guardo de volta no bolso. Estou enjoado. Acabo de lembrar que ler no ônibus não funciona pra mim. Isso me chateia pois contava com a leitura para passar o tempo. Estou no meio de *Memórias do subsolo*, do Dostoiévski, e me identificando de forma assustadora com o personagem, que é um sujeito um bocado perturbado. Ontem li algumas páginas na cama mas logo fui possuído pelo sono, não consegui resistir. Pouco a pouco a leitura começou a dar espaço a cochilos e sonhos fragmentados. Quando apaguei o abajur, o sono foi embora e fiquei horas deitado até conseguir dormir.

O garoto do outro lado do corredor não me observa mais. Agora ajoelha sobre o assento, com a cara espremida no encosto. Observa os bancos atrás dele pelo vão entre sua poltrona e a de sua mãe. Neles, sentam uma senhora muito velhinha, toda enrugada e pequenina, e uma mulher de meia-idade alta e esquelética, provavelmente mãe e filha. A velha, na janela, se ocupa com o passar do tempo enquanto a outra preenche uma cruzadinha. Não consigo ver a cara do garoto, mas ele parece fixado naquela cena tediosa. Qualquer coisa desperta a curiosidade de uma criança da idade dele.

Lembro de um lance meio maluco que aconteceu no verão passado, na casa de praia da Julia. Eu estava passando pelo corredor, a caminho da sala, quando vi o Jonas, o irmãozinho de cinco anos da Julia. A porta do seu quarto estava aberta e ele sentava sobre a cama, suas pernas ficavam penduradas, pois não alcançavam o chão. As mãos repousavam sobre o colchão e ele olhava para a frente, sem expressão, como se estivesse assistindo a uma tevê imaginária. Me arrependo até hoje de ter entrado.

"Jonas, o que você está fazendo?"

"Nada."

"Como nada?"

"Num tô fazendo nada."

"Alguma coisa está te incomodando?"

"Não, nada."

"Está esperando alguém?"

"Não."

"Quer conversar sobre alguma coisa?"

"Não."

"Por que você não deita?"

"Porque não."

E ficou lá, sentado, sem fazer nada, olhando para o nada. Fiquei mais alguns instantes ali, só observando o Jonas. Minha presença não o incomodava e o silêncio só perturbava a mim. Como era possível alguém não estar fazendo ou pensando em nada?

Julia e eu terminamos duas semanas depois disso. Sinto sua falta até hoje embora saiba que nossa relação era insustentável. Nossas vidas mudaram muito desde que nos conhecemos, no cursinho. Na época, eu gostava de matemática e ela queria ser fotógrafa, mas não nos preocupávamos com esse lance de profissão nem nada. Ela entrou na ESPM e eu na Poli; ela virou publicitária de carteirinha, dessas que amam seu Mac e chamam propaganda de filme. A Julia bem que tentou, porque gostava de mim e tal, mas acabou me chutando. Hoje namora um diretor de arte que deve morar em algum loft por aí. Não aprendi a viver sem ela, mas no fundo sei que foi melhor assim, não sei bem por que, mas foi.

Quando recebi a carta da Lisa, há uns dois meses, uns quatro depois da Julia me chutar, foi um troço muito louco, parecia que ela sabia o que se passava comigo. Fiquei com um medo terrível, andava de um lado para o outro da sala depois de ler a carta pela primeira vez. No fundo, tinha certeza de que acabaria largando a faculdade e o trabalho e indo atrás dela, e isso me apavorava.

É difícil falar sobre a Lisa, quase impossível. Nós éramos a mesma pessoa e ao mesmo tempo totalmente dependentes um do outro. Na verdade nunca deixamos de ser, mesmo depois de nos afastarmos conforme avançamos na adolescência e vimos nossas libidos despertadas e aprendemos as regras do jogo. Quando tínhamos nove anos, ela se mudou pro meu prédio. Já estudávamos juntos mas não éramos amigos na escola. Existiam os populares e os rejeitados, a Lisa era rejeitada. Eu não era dos mais populares, mas me respeitavam porque eu era bom em todos os esportes. Nossas mães esquematizaram um rodízio, e acabamos ficando amigos. Embora gostasse de ser aceito, achava a escola chata e meus colegas sem graça. Ainda assim eu tinha dois bons amigos, o Joca e o Rafa, deles eu gostava, fazíamos muitas coisas juntos. Até hoje sou muito amigo do Rafa, com o Joca perdi o contato. Mas o que eu mais gostava era de subverter pequenas coisas, e meu interesse pela Lisa nasceu desse pequeno prazer. Dele e das idas e voltas da escola, no Escort da mãe dela ou no Gol verde da minha mãe. Aos poucos começamos a nos tornar viciados nas nossas conversas, no contato com o outro. Passei a almoçar na casa dela quase todos os dias porque minha mãe trabalhava e estávamos sem empregada. A comida era muito boa, sempre tinha feijão-preto, e a mãe dela era gente fina nessa época. Depois do almoço ficávamos em frente à tevê assistindo a qualquer besteira, depois fazíamos a lição de casa, o que se tornou prazeroso só porque era com a Lisa. Éramos filhos únicos e cumpríamos um para o outro a função do irmão ausente.

Quando o pai dela morreu, eu já tinha doze anos, ela ainda onze, e muita coisa mudou. Eu me lembro muito bem do dia. Minha mãe foi me buscar na natação e me deixou em casa, antes de seguir para a casa da minha avó. Chamei o elevador no térreo e vi que a luz estava parada no décimo segundo, o andar da Lisa. Quando ela começou seu movimento, ziguezagueando pelos números, senti que alguma coisa não ia bem. A porta do elevador se abriu e lá estava a Lisa, sozinha, lágrimas escorrendo nas bochechas e no nariz. Ela saiu, me abraçou e o elevador foi embora. Por longos segundos ficamos apenas abraçados em silêncio. Seu corpo estava muito quente. Passei a mão no cabelo e notei que sua cabeça estava ensopada de suor. Ela chorava muito e depois de algum tempo eu comecei a chorar também.

"Nico, meu pai morreu", ela finalmente disse, com a voz triste e doce.

Não respondi. Apenas apertei um pouco mais o abraço. O pai dela não estava doente nem nada, mas não fiquei surpreso com a notícia de seu AVC, não sei bem por quê. Sentamos no sofá do saguão do prédio e ficamos um tempão ali, sem falar muita coisa. Depois chegou a mãe dela, desesperada, dando bronca na Lisa, dizendo que estava procurando ela por toda parte. Era só uma amostra do que viria a ser a relação das duas a partir daquele dia. Depois vieram velório, enterro et cetera, mas o que ficou foi a relação atabalhoada da Lisa com a mãe dela. Para piorar, na escola as crianças ficaram mais maldosas. Por causa da Lisa, passei a ter ódio mortal de todos, menos do Joca e do Rafa. Deles continuei amigo, mas com a Lisa era diferente.

Não almoçava mais na casa dela por dois motivos: sua mãe se tornou insuportável depois da morte do marido e porque meus pais arrumaram uma empregada, a Marlene, que fazia almoço todos os dias. Mas a Lisa não ia almoçar comigo, comia em casa, com a mãe. Passadas algumas semanas da morte do pai dela, a gente se apropriou da caixa d'água. No meio da tarde eu interfonava, a gente se encontrava no elevador e íamos até o décimo quarto. Ainda tínhamos que subir a gelada escada de pedra bege, no escuro, até a porta de metal. Quando eu a abria, com alguma dificuldade, a luz invadia nossos olhos quase nos cegando, mas ambos, Lisa e eu, nos sentíamos muito bem. Aquele lugar era nosso, estávamos acima do caos urbano, ninguém nunca enchia nosso saco lá. Passávamos a tarde inteira conversando, ouvindo música — a Lisa levava um som velho da Aiwa —, comendo umas besteiras e lendo livros, romances e quadrinhos. A gente se divertia horrores com uns livros de quadrinhos antigos do pai da Lisa. Cheguei a me interessar por desenhar, mas percebi que não tinha talento nem muita vontade. A Lisa já estava começando a virar mulher, a mais bonita da série, e eu ainda tinha corpo de criança. Das nossas conversas cresceram interesses em comum por filmes e livros. Ela leu *O apanhador no campo de centeio* e falava como tinha vontade de bater um papo com o Holden Caulfield e de conhecer a Phoebe, sua irmãzinha. Depois ela leu *A erva do diabo*, que ficava na estante da sala de visitas da casa dela. Eu gostava de ler os policiais da Agatha Christie. Lembro de *Morte na praia* mais do que qualquer outro.

Começamos a ir ao cinema também, que ficava a uma quadra do prédio. Éramos amigos da Socorro, que vendia as entradas, e do Seu Alcides, o velhinho que ficava na porta da sala. Eles não enchiam nosso saco por não ter idade para ver os filmes, então assistíamos a quase tudo que entrava em cartaz. O cinema vivia às moscas nos dias de semana e gostávamos daquilo. Chegamos a ver alguns filmes só nós dois, mais ninguém na sala. Meus pais trabalhavam o dia inteiro e a mãe da Lisa não se importava muito em saber onde ela estava, então éramos livres nas nossas tardes.

Foi uma época fundamental, aprendemos a enfrentar o mundo. Mas as armas do mundo eram poderosas, e toda aquela magia começou a se esvair à medida que todos os garotos, inclusive os das séries acima, começaram a cobiçar a Lisa. Eu era meio bobo, nunca tinha beijado na boca, e meus sentimentos eram confusos em relação a ela. Não soubemos nos adaptar, isso sempre ficou pendente; não queríamos ficar, namorar, não sabíamos se éramos melhores amigos ou irmãos. Conforme o tempo foi passando, nos sentimos pressionados a nos encaixar em algum rótulo. Até que ela acabou ficando com um garoto duas séries acima da nossa e depois com outros. Eu beijei a primeira garota e também passei a "ficar" nas festinhas. Aquilo era estranho pra gente e acabamos nos afastando, mas quando nos cruzávamos pelo prédio era sempre muito bom, o afastamento não foi acompanhado de constrangimento. A verdade é que sempre senti falta dela e ela de mim.

Foi assim até os dezessete, quando entrou em cena o Luiz, um cara que a Lisa namorou durante um ano e qualquer coisa. Ele era professor num curso de teatro que ela começou a fazer no terceiro colegial. Quando eu o conheci, no churrasco de aniversário de dezoito anos da Lisa, já saquei o babaca que era; chegou de carro, pagando de gatão, dizendo que a EAD isso e o Antunes Filho aquilo. Era magricelo, tinha uns dois metros de altura, rabo de cavalo e uma barba toda esculpida. Lembro que ficou contando pro churrasco inteiro, enquanto tomava umas duzentas caipirinhas e cervejas, como foi insuportável ter que usar terno na propaganda do McDonald's. O pior era a Lisa, toda encantada com as groselhas do namorado mais velho. Ela chamava ele de Lubi, dói o fígado só de lembrar. Resumindo, depois de um ano e tanto de namoro, a Lisa apaixonada por ele, teatro e o escambau, o Lubi deu o fora. Eu já estava distante da Lisa, mas lembro que não foi brincadeira o que ela ficou desorientada. Largou o curso de teatro, o cursinho e desistiu do vestibular. Quando começou a sair de casa, uns dois meses depois, mal conversava com as pessoas. Ficou mística até os dentes, começou a mexer com florais e conversar com as plantas. Entre os conhecidos do colégio e do cursinho, virou piada, recebeu o apelido de Gardênia, de Gardenal. A mãe já nem ligava para ela. A Lisa, então, passou algumas semanas trancada, cuidando de plantas, fazendo florais e lendo um livro atrás do outro. Sei disso porque uma das raras vezes em que ela saiu de casa encontrou comigo na padaria e tivemos uma rápida conversa, em que ela me contou sobre essa nova rotina, e que estava fascinada por uma comunidade alternativa em Tocantins chamada A Terceira Margem, sobre a qual tinha ouvido falar num retiro espiritual ou coisa do tipo. Foi a última vez que vi a Lisa. Duas semanas depois, num encontro casual no prédio, sua mãe me contou que ela tinha viajado sem destino certo e sem previsão de volta. Não parecia muito preocupada, a Dona Nadia. Entrei no meu apartamento e vomitei na privada do lavabo. Depois liguei pra Julia para contar.

3.

O ônibus sai da estrada principal para outra menor. Gosto do barulho grave do motor, é relaxante. Aprecio as trocas de marcha, despretensiosas, sem pressa de nada. Confio muito nos motoristas de ônibus, principalmente na estrada; lembram-me do meu avô, do que ele representava para mim quando eu era criança. Meu avô paterno, um sujeito de voz grossa e poucas palavras. Fumava um cigarro atrás do outro à mesa da copa. Depositava as bitucas num cinzeiro redondo, circundado por um saco de pano recheado de areia. Eu gostava daquele cinzeiro. Não gostava da fumaça do cigarro, mas gostava do cheiro do meu avô, colônia com cigarro. Lembro de assistir à final do Campeonato Paulista de 93 com ele na sala de jantar. Eu era muito criança, mas foi um desses dias que ficam gravados na memória. O jogo era Palmeiras e Corinthians, no Morumbi. Quando o Evair fez o gol do título, na prorrogação, vibrei muito. Meu avô não reagiu, nem ao gol, nem à minha euforia, fiquei envergonhado. Quando o jogo acabou e o Palmeiras foi campeão (pela primeira vez na minha vida), fingi não dar importância, queria ser igual ao meu avô. Poucos anos depois ele morreu de alguma complicação pulmonar. Não chego a ter saudade, mas gostava pra burro dele e na época sofri bastante.

"Beba vinho, simplesmente vinho." É o que se lê no outdoor que se escancara na janela. Estamos parados no farol vermelho. À esquerda, lá embaixo, vejo um Peugeot azul com placa de Valinhos, mas acho que estamos em Campinas. Olho pra frente e avisto a rodoviária, já bem perto.

Na parada sobem umas oito pessoas, mas nenhuma chama minha atenção. Uma mulher de uns quarenta, no outro lado do corredor, no assento à frente do Catatau — é assim que apelidei o garoto que de tempos em tempos fica me secando —, fala ao celular, baixinho mas sem sussurrar. Tem sex appeal, a voz ajuda.

"Tô dentro do ônibus... tá... outro..."

Surge novamente o ronco do motor. Se eu fosse a Enya ou cantora new age que o valha, faria uma música que seria só o motor de um ônibus de viagem com trocas de marcha compassadas.

Fecho os olhos e tento não pensar em nada.

Estamos de volta à rodovia dos Bandeirantes, e logo a pista fica muito larga por causa do pedágio. Lembro de um taxista em Buenos Aires falando da Nove de Julho deles, *"La avenida más ancha del mundo!"*, cheio de orgulho. Patriotismo, como quase tudo, é um troço curioso pacas.

O sol está bombando, a vista é linda, o Catatau não para quieto. Que delícia de sensação, não vejo a hora de encontrar a Lisa. Pego *Memórias do subsolo*, mal começo a ler e já é tarde demais para evitar o enjoo, mas olhar pela janela me traz de volta o bem-estar. Repentinamente, a lembrança de que não me despedi dos meus pais cutuca um turbilhão de emoções profundas, consigo identificar culpa e ansiedade. A agradável paisagem da janela perde toda a sua importância, tenho vontade de andar de um lado para o outro do corredor, mas isso só seria útil se não chamasse a atenção de ninguém. A sequência dos fatos parece simples e justificável: estava arrumando as coisas no quarto com a porta fechada, ouvi minha mãe gritando "boa noite!" e gritei de volta. Assumimos, minha mãe e eu, que nos veríamos de manhã antes de eu sair para a rodoviária. Não me lembro se na hora tive consciência disso, mas essa possibilidade era claramente remota pois meus pais nunca estão em casa pela manhã. Minha mãe nem sabia a que horas eu sairia, acho que em nenhum momento falei isso para ela. Pois bem, acordei, não tinha ninguém em casa, tomei café, li o jornal e saí. Não acho que fiz nada de errado, mas vai entender... sinto um remorso terrível. Talvez por não ter a menor ideia de quando voltarei a ver meus pais. Eles acham que estou indo viajar para descansar, nem sabem que vou me encontrar com a Lisa. Para eles, daqui a duas semanas estarei de volta. Mas sei que pode não ser assim. É bem provável que não seja. Essa ideia me assusta.

Decido tentar dormir embora esteja agitado. Ler é um bom recurso para provocar o sono, mas no ônibus, como provei há pouco, é inviável por causa do enjoo. A alternativa à leitura é se concentrar para não pensar em nada. Sinto que desta vez vai ser difícil, mas vamos lá. Visualizo uma bola vermelha. Bola vermelha. Bola vermelha. Bola vermelha. A imagem não é tão clara. O que há em volta? Droga! Bola vermelha. Bola vermelha. Coceira na orelha esquerda. Coço rapidamente e tento relaxar. A imagem da bola vermelha teima em não se fixar. Já estou pensando no porquê da falta de concentração, o que só vem a confirmar a dispersão. Vamos de novo. Painel sem fim do céu azul com algumas nuvens. Mas é um painel, as nuvens não se mexem. O que há depois da borda do painel? Ele não pode ser infinito como o próprio céu. Curioso como o homem atingiu tamanho avanço tecnológico e até alguma compreensão dos processos nebulosos da mente, mas não consegue explicar os conceitos de tempo e espaço, da infinitude do tempo e do espaço. Algumas coisas, parece, nunca serão compreendidas, o que não pressupõe que haja o sobrenatural. A propósito, se não houver o sobrenatural, não há acaso. O universo é um sistema submetido à resultante de forças ditadas pelas leis da química e da física. Cada micromovimento é predestinado, submetido à sequência das interações dessas forças. Lembro dos exercícios de física no colegial, em que, sabendo seu peso, a intensidade de sua força, a inclinação dessa força e ignorando as forças externas, calculávamos a distância que um projétil alcançaria ao ser lançado, o tempo que isso demoraria e a altura máxima que ele atingiria. Se considerarmos todo o universo como sistema, não há forças externas. Se pudéssemos saber as direções, sentidos, intensidades e propriedades de todas as forças que estão agindo sobre esse sistema, seria possível calcular tudo o que aconteceria, mesmo num tempo ainda muito distante. Isso se não houver algo maior, sobrenatural. De qualquer forma, o ser humano nunca vai conhecer todas essas forças, a humanidade vai acabar muito antes disso, duvido que dure mais do que mil anos. Se durar, por mais que dure, um dia acaba. E quando acabar a humanidade, acabará tudo, o que é absolutamente inconcebível. Incrível esse paradoxo: um troço ser ao mesmo tempo inevitável e inconcebível. E não é uma mera ideia, é a porcaria de um fato. Um fato, diga-se de passagem, confortante também, pois tira o peso da responsabilidade. A natureza é mesmo sábia. A vida é um ciclo perfeito; viver eternamente é o inferno que criamos, o paraíso provavelmente é o amor. Ainda que, John Lennon me perdoe, eu ache uma tremenda babaquice esse papo de *all we need is love*. Precisamos do ódio na mesma medida. Mais do que precisarmos, o ódio simplesmente existe na mesma medida, é um fato, mais um. O que se pode fazer é tentar lidar com os dois impulsos (ainda que esta seja uma tentativa desesperançosa). Agredir o próximo é tão distorcido quanto amar um aparelho eletrônico. Briga de torcida é uma coisa tão alucinada quanto amor de torcida.

Sinto-me ao mesmo tempo lúcido e babaca. Um vaidoso metido a besta, que acha que sabe alguma coisa sobre qualquer merda. Queria poder me despir de vaidade ou desejo. Mas que desejo vaidoso o meu! Blá, blá, blá. Quanta punheta.

Mas, voltando ao lance do infinito, lembro que li em algum lugar que um filósofo grego (Platão, Aristóteles, sei lá) justificava a existência de Deus de uma forma racional. Ele dizia que alguma força teve que dar início ao movimento constante das coisas. Isso vai um pouco nessa linha de acharmos que nós, humanos, sabemos quase tudo e não termos a humildade de admitir que nunca explicaremos a infinitude do tempo e do espaço, a impossibilidade do não tempo e do não espaço. Acho essa simples ideia bem interessante e perturbadora, mas ninguém parece dar muita bola pra coisa toda.

A tentativa de não pensar em nada não funcionou. Os pensamentos se atropelam, fragmentos de ideias disputam espaço. Mas justo agora que perdi a vontade de dormir, o sono aos poucos vem gostoso, o cansaço mental desce pro corpo, o ritmo da turbulência diminui e me percebo concentrado numa lembrança. É a de um documentário que assisti no começo do ano na TV Cultura e que colaborou para a minha decisão de largar a Poli. Chamava-se *Histórias de morar e demolições*. Fiquei emocionado quando assisti, mexeu muito comigo. Quatro pessoas contam as histórias de suas casas, todas antigas, em que viveram durante toda a vida com suas famílias, e que serão demolidas para virarem empreendimentos imobiliários modernos. Tornaram-se barreiras ao progresso da cidade, estorvos ao *boom* imobiliário. Nos seus terrenos, ocupados de forma ineficiente, crescerão prédios com muitos apartamentos, todos com churrasqueira na varanda, cinco vagas na garagem, *fitness center, baby care*, espaço *gourmet* e o diabo a quatro. Edifícios com *garden, easy, light, joy, way of life* nos nomes, células que garantirão a felicidade de centenas de famílias ou até de mulheres e homens solitários. Mas nesse caso será obrigatória a compra de uma TV de plasma com *home theater*.

Subitamente, em meio aos devaneios, me surpreendo com o Catatau. Divide o assento a meu lado com minha mochila. O espaço é grande e a convivência dos dois é amistosa. Curiosamente, agora que está tão perto, não me admira mais, nem nota que estou aqui. Mesmo depois que passo a observá-lo atentamente, não fica acanhado, nem quer saber de mim. Acompanha com o dedo indicador cada uma das manchas amarelas e acinzentadas que cobrem o assento azul. Sua mãe dorme profundamente no seu lugar de origem. De repente ele se cansa das manchas e olha para mim, um olhar desatento, sem interesse, como se eu fosse mais um passatempo corriqueiro no prato cheio que é o ônibus. Seus olhos são de um castanho claro, cor de mel. Não fico constrangido ao olhá-lo de volta, as crianças nunca me constrangem, vivem em outro mundo, sem as mazelas das relações humanas adultas e seus efeitos colaterais.

"Olá!", inauguro a conversa.

Ele continua do mesmo jeito, em silêncio, mexendo os braços. A mão esquerda começa a puxar o couro da sandalinha, fazendo com que sua perna se estique e ele quase caia do assento. Agora, pela primeira vez, fica um pouco envergonhado. Como um cachorro a quem é oferecido um biscoito, ele se recompõe com muita agilidade e senta sério, sem mexer as mãos.

"Como você chama?", insisto.

"Gabiel", ele responde, e amassa a cara no assento. "Minha mãe chama Roooosa. E minha irmã Jéessiiiica."

"Onde está a sua irmã?"

"Com a vovó, uéééé..."

"Quantos anos você tem?"

"Têis!"

Cansado das minhas perguntas fáticas, Gabriel vira a cara e abre o lixinho no apoio do braço que dá para o corredor. Por sorte está vazio, sem chicletes mascados, com os quais certamente brincaria. Acho curioso a mochila não despertar seu interesse. De repente ele levanta fazendo barulhos estridentes e sai correndo em direção ao fundo do ônibus. Lembro que, quando éramos criança, Lisa e eu brincávamos de barulho mais chato do mundo no carro. Não é preciso dizer que nossas mães reprovavam o jogo.

O sol ainda é muito forte, o céu azul contrasta bonito com o intenso verde das plantações de cana, que começam a tomar conta da paisagem. Ainda não levantei desde que saímos de São Paulo, a lembrança disso me faz ter vontade de ir ao banheiro. Começa um embate entre essa vontade e a preguiça, ambas disputam palmo a palmo a tomada de decisão da minha mente e conseguinte ação do meu corpo.

O incômodo na bexiga sempre ganha, é uma espécie de torturinha. A caminho do banheiro, passo por filas de presuntos jogados sobre assentos reclináveis. Os poucos corpos acordados são ainda mais inertes e deprimentes. O Catatau já retornou a sua cadeira e não deve demorar para pegar no sono.

Nos ônibus, gosto de mijar com a janela aberta. O motivo mais óbvio é o cheiro insuportável do cubículo sanitário, o mais particular é que o contato com o mundo externo através dessa desproporcional abertura é caótico, dá a impressão de que serei sugado para fora, junto ao barulho da estrada e à velocidade insana dos carros. O ruído apocalíptico da descarga é uma amostra desse mundo externo, veloz e inconsequente. Passo a ver o ônibus como uma cápsula de segurança, percebo que é necessário ter paciência. Essa ideia me traz alguma paz.

De volta a meu assento, percebo o ônibus sair da estrada, cruzar a pista por cima e entrar numa rotatória. Do outro lado da praça vejo um Graal — enorme, como não poderia deixar de ser.

No meio do gramado vazio, com poucos bancos, uma imponente réplica do Cristo Redentor, de cerca de vinte metros de altura (na verdade devem ser cinco, sou ruim pra essas coisas), oferece uma extensa sombra a três garotinhas que pulam corda. Não fossem a gigantesca lanchonete e a proximidade da Anhanguera, seria um lugar agradável, mas não consigo dissociá-lo do contexto de cidade misteriosa de beira de estrada. Isso faz eu me sentir tolo e burguês.

A perspectiva dessa parada é um tanto frustrante. Que preguiça de levantar, andar, escolher o que comer, pegar fila. Quero ficar aqui, o ônibus é a minha casa. Mas já deve ser umas quatro da tarde, preciso descer e comer alguma coisa, faz parte de estar vivo; se não comer agora, em algum momento meu corpo vai chiar.

“Estamos em Pirassununga, trinta minutos para o lanche.”

Meus companheiros já estão de pé, observo todos passarem apressados. Eu não tenho pressa, com a mochila nas costas sou o último a sair. Antes de descer olho para trás. O ônibus vazio parece um quarto bagunçado, com a cama desarrumada e a janela fechada há dias; amarrotado, fedido, gasto, triste. Mas só o vejo dessa forma porque está vazio. E porque passarei os próximos trinta minutos vagando pelo Graal de Pirassununga.

4.

Um boneco palito com cabeça de logo da Yopa aponta a entrada. A seu lado, um cartaz traz a foto de um sanduíche com recheio farto e textos estilizados: "Eleito o melhor sanduíche de mortadela de São Paulo", "Aprovado pela crítica gastronômica". Uma mulher de boné vermelho e uniforme colorido e listrado me entrega uma comanda gigante de acrílico, quase do tamanho de uma prancheta.

O Graal me lembra o McDonald's da avenida Henrique Schaumann, mas é minimamente mais agradável. Fico um pouco desorientado com tantas opções de comida: sucos, refrigerantes, iogurtes de máquina, frutas, salgados, chás gelados, sanduíches naturais, queijos e frios. São três os ambientes de bufê, mas acabo me dirigindo ao balcão e pedindo um misto e uma soda. Pensei em pedir uma cerveja mas desisti em poucos segundos. Minha relação com a bebida é esquisita. Nunca fui nenhum alcoólatra, mas já tive o hábito de beber bem e com regularidade. De certa forma me tornei dependente, e isso se manifesta nesses impulsos de pedir uma cerveja em situações inusitadas. Mas meu consumo de álcool foi gradualmente diminuindo nos últimos dois anos. Não sei se isso aconteceu por acaso, se foi uma decisão amadurecida ou moralista ou se foi um processo influenciado pela análise, mas me sinto mais forte bebendo menos.

O pior dano decorrente do consumo exagerado de álcool é que ele atrasa algumas transformações, você tende a ficar inerte, e no meu caso isso seria um tanto degradante. Pelo menos é assim que eu penso de uns tempos para cá. Mas desconfio que as fantasias motivadas pelo álcool sejam substituídas por outras. A mente não para, alucinamos o tempo todo, isso é um tanto deprimente às vezes. Acho que o processo de amadurecimento está justamente no esforço de tentar substituir esses devaneios por pensamentos e atitudes mais consistentes. Viver é preciso, navegar não é preciso. Às vezes me sinto bobo pensando nessas coisas, corrompido pelo sistema ou coisa do tipo, mas percebo que dou sentido a essas ideias.

Meu lanche é depositado na minha frente por mãos que têm vida própria: pão de forma lambuzado de manteiga, uma fatia de presunto grossa e quadrada com bordas arredondadas e queijo oleoso vazando para todos os lados. A latinha de refrigerante vem acompanhada de um copo sem gelo com aspecto encardido. O fato de estar vazio contribui para essa aparência anti-higiênica, o gelo cumpre uma função visual de esterilidade. Tiro o pão de cima e cubro a massa amarela disforme — que parece crescer a cada segundo e já ameaça transbordar para fora do prato — com um catchup ralo, cheio de pequenos pontinhos escuros. Sem a menor fome, levo minha comida e a imensa comanda a uma mesa qualquer entre as dezenas disponíveis. Gosto da cor da mesa, uma mistura precisa entre amarelo e verde, igualzinha à do xampu antipiolho que minha mãe esfregava na minha cabeça quando eu era moleque. Reconheço nas outras mesas algumas pessoas do meu ônibus, ninguém está sozinho como eu. O Catatau brinca com a comanda como se fosse algum carrinho futurista estilo F-Zero. Lembro da Esmé e de seu irmãozinho Charles, e como Salinger os descreve na mesa daquele café num dia chuvoso. Tenho uma repentina vontade de chorar. Por alguns segundos me sinto como o soldado americano vivendo um momento sublime em meio à insanidade da guerra, só que do mundo bizarro. Mas tudo isso não dura mais do que alguns instantes. Arranco excessos de queijo aos montes e devoro o misto em menos de um minuto. Depois, mesmo sem vontade, como os nacos gordurosos de queijo. Satisfeito por ter terminado o lanche, levanto e vago pelo Graal tomando meu refri.

Adoro os suvenires que são vendidos nesses lugares: objetos estranhos com logos de times de futebol, artesanatos de animais pitorescos, sandálias de palha, potes de doce de leite com vários tipos de recheio, queijadinhas. Fico tentado a comprar alguma coisa mas desisto. Sou terrível para consumir. Sinto um misto de culpa, preguiça e constrangimento ao decidir comprar qualquer coisa, é bastante esquisito. Dirijo-me ao caixa, que está vazio, e pago a comanda. Decido escovar os dentes e fazer mais um xixi.

O banheiro, gigantesco como tudo aqui, fede a frescor artificial. No mictório, rodelas de limão e gelo aguardam o calor da urina tóxica. Fixo o jato numa pedra, tentando derretê-la de forma fulminante.

Em frente ao espelho, deparo-me com uma expressão cansada. A situação — a parada, o potente sol do meio da tarde, o Graal — desperta uma melancolia temerosa, não do tipo prazeroso, platônico. Sinto uma súbita e passageira saudade de casa, imagino que daqui a pouco meus pais vão chegar, jantar, contar sobre como foi o dia e possivelmente conversar sobre minha viagem.

Na saída do banheiro sento num banco em frente ao ônibus vizinho do meu. Observo algumas pessoas passando e a fila dos coletivos de viagem, todos estacionados de frente, com as portas abertas e constante fluxo de passageiros. São poucas as vagas disponíveis. Algumas pessoas já estão entrando no meu ônibus, mas ainda restam alguns minutos de parada. Um perturbado mendigo repentinamente entra em cena, perambulando entre os viajantes. É magro e muito sujo. Tem cabelos pretos ensebados e sua pele é coberta de tatuagens, cicatrizes e queimaduras. Está descalço, sem camisa, e sua calça cinza-esverdeada encardida se arrasta pelo chão. O mendigo não incomoda ninguém especificamente, apenas ziguezagueia trôpego, balbuciando palavras incompreensíveis em tom de protesto, mas sem levantar a voz.

Do lado oposto à entrada do Graal, dois sujeitos da minha idade ou pouco mais velhos caminham em direção a ele. Falam alto e se mijam de rir, disputando a atenção do público. Vestem-se com roupas de marca que parecem ter sido escolhidas por suas mães. O mais animado deles, um bombadão de cabelos loiros e encaracolados, usa uma camisa polo com listras horizontais rosa e azul-escuro, calça capri, tênis de corrida e aquelas meias curtinhas que sobem só um centímetro acima do tênis. Seu amigo, bem mais alto e mais contido, usa uma camiseta branca da GAP, em letras grandes e azuis, maiores até que a bandeira dos Estados Unidos estampada abaixo, calça jeans apertada e um tênis laranja. Parecem uns bebezões numa propaganda da Pakalolo. Eles se aproximam e tenho a infelicidade de notar que são mineiros. Não que eu não goste do povo de Minas, pelo contrário, gosto tanto do seu sotaque, acho tão bonito e poético, que ouvi-lo da boca de uns idiotas como esses é bastante deprimente. Eles chegam no mendigo e começam a tirar uma onda, principalmente o bombado falastrão. Ridicularizam o coitado com piadas, sarcasmo, fingindo que são amigos dele, dizem que vão comprar uma cachaça, perguntam se ele é motorista de algum ônibus, enfim, fazem o diabo com o desorientado indigente, que parece não entender nada do que se passa. Agora não só os dois babacas estão rindo, como muitas das pessoas ao redor, o mendigo virou atração de circo. Começo a ficar com muita raiva, decido que tenho que tomar uma atitude. O ódio sobe pelo corpo e ameaça tomar conta de mim. Mas junto ao ódio, em igual intensidade, surge o medo. Meu sangue ferve, me sinto covarde, preciso fazer alguma coisa. A voz dos idiotas chega aos meus ouvidos em câmera lenta e com um eco sinistro: "Cachaça é um trem bão, mas tem que tomar um banho de vez em quando, sô. HAHAHAHAH!". Quero matar esses idiotas, mas sei que se for lá posso apanhar. Ou nem isso. Pior. Posso só discutir com eles e depois entrar no ônibus e ficar remoendo a história pelo resto da viagem, e por muitos outros dias, achando que eles vão me perseguir, querer me socar na próxima parada, que qualquer hora eu vou cruzar com eles pela vida e eles vão querer acertar as contas. Imagino mil possibilidades ao mesmo tempo que quero socá-los até quase morrerem, e quando estiverem no chão, ensanguentados, pedir ao mendigo que cuspa em suas caras nojentas, vomite sobre elas. Estou muito perturbado, tenho que sair daqui, esses caras são maus, não posso arranjar problema com eles. Desculpe, mendigo, não posso me envolver com tanta turbulência. Vá embora, siga seu caminho. *Stay gold.*

Já no corredor do ônibus, estou um pouco tonto e ainda muito excitado. Algumas pessoas já voltaram e comem espetos de frango sobre marmitas com farofa. O cheiro é terrível mas por algum motivo me deixa emocionado, mais uma vez tenho vontade de chorar. Vou até o fundo, pego um copo d'água num compartimento gelado ao lado do banheiro, volto ao meu assento, tomo alguns goles e começo a me acalmar. Aos poucos volto à realidade. O motorista passeia pelo corredor e conta os passageiros. Retorna à cabine, surge o barulho do motor e o ônibus dá marcha a ré. Estou mais calmo, mas a lembrança da voz daquele idiota de camisa listrada provoca em mim um súbito pavor. Olho ao redor do ônibus para verificar se, por algum motivo extraordinário que (graças a Deus!) não consigo imaginar, ele não entrou e seguirá viagem conosco. Aos olhos de qualquer outra pessoa, mas não aos meus neste estado de excitação e turbulência, é um tanto óbvio que ele não esteja no ônibus. É curioso como, por uma questão de bom senso, consigo sacar que não existe ameaça alguma por parte daqueles dois idiotas, mas vivo como se eles estivessem me perseguindo. Em algum momento cruzei olhar com o loiro bonachão, e meus olhos expressaram ódio. Será que ele sacou isso e na próxima parada vai querer me socar? Não! Não posso ceder a essas fantasias absurdas de perseguição! Não posso! De repente toda a expectativa em relação ao encontro com a Lisa, toda a tristeza por alguma falta de perspectiva, tudo parece uma melancolia prazerosa. Tristeza, saudade e emoções afins parecem ferramentas de masturbação mental, simulações de sofrimento. Lembro que há algumas horas, enquanto comia uma coxinha no Tietê, eu achava que vivia uma tristeza que classificava como real. Que bobinho! Será possível viver uma tristeza real, com real sofrimento e desamparo? Se sim, isso passa a ter outros nomes: ansiedade, culpa, medo, pânico!

O nervosismo volta intenso, mas como que por milagre, ou por efeito de alguma potente substância repentinamente injetada no meu sangue, retomo a consciência. Pareço sair do corpo e ver a situação de fora, como se fosse meu analista sentado atrás de mim enquanto deito no divã. Relembro situações semelhantes vividas no passado, em que passei por períodos de tormenta intensos, sempre ligando essas turbulências a motivos externos inexistentes ou insignificantes. É um processo interno, tenho que acreditar nisso agora, não sou nenhuma criança. Os caras do Graal nem sabem quem eu sou, nem sequer falei com eles. Mas e se me marcaram naquela troca de olhares? Para! De novo, não posso ceder a essas estúpidas fantasias de perseguição! Se quero sair da inércia preciso combater essa punhetagem, não basta não ceder ao álcool ou coisa do tipo. Preciso viver o real, ter bom senso. Não estar sendo perseguido não significa o êxtase da felicidade, sobre o futuro nada se sabe.

Aos poucos o raciocínio consegue interferir nas emoções. A tranquilidade se torna plena e me sinto aliviado. Se esse alívio for substituído daqui a pouco por emoção nenhuma, isto é, por algum estado mental mais estável, sem grandes altos e baixos, vou ter deixado essa fantasia de perseguição de lado, pelo menos por enquanto.

De fato, aos poucos retomo essa estabilidade, já nem lembro dos caras do Graal nem do mendigo.

Quando eu estava no terceiro colegial, já perto do fim do ano, um sujeito da minha classe chamado Miguel, de quem eu nem era muito amigo, mas que andava com o Rafa, se envolveu numa briga fenomenal na porta da escola. Ele tinha se estranhado com uns caras numa balada no sábado e, na segunda, esses caras foram pegar ele na saída da aula. Alguns amigos do Miguel, inclusive o Rafa, se aproximaram quando perceberam a presença dos inimigos. Depois de uma rápida troca de ofensas, começou um quebra-pau generalizado. Toda a cena deve ter durado cinco ou dez minutos, mas parecia uma eternidade. A treta se dividiu em núcleos. Em alguns momentos dava a impressão de ter acabado, mas, quando menos se esperava, dois sujeitos se atracavam no meio dos carros estacionados em fila dupla em que mães aflitas olhavam para todos os lados procurando seus filhos, ou surgia algum moleque franzino correndo e projetava uma voadora que não pegava em ninguém, mas dava início a uma nova rodada de correrias e xingamentos. O guarda que ajudava as crianças a atravessar a rua queria se envolver, defendendo os alunos da escola, mas não sabia como, e ficou com medo de perder o emprego. Eu não entrei na briga, apenas observei o que pude. Estava excitado, minha mente funcionava numa velocidade incontrolável, os nervos estavam à flor da pele, vivia aquilo como se fosse o apocalipse. Numa das últimas fagulhas do caos, quando tudo já estava quase sob controle e parecia que os caras de fora tomariam o rumo de casa, vi o Rafa se estranhando com um deles. Gingavam de um lado para o outro com a guarda armada, como numa luta de boxe.

Perto dali, a turma do cara que encarava o Rafa, e que a essa altura já ameaçava soltar um direto no seu queixo, se reunia para ir embora, alguns deles já bem machucados. Eu me aproximei do meu amigo e gritei para o sujeito que estava prestes a socá-lo, em tom educado, amistoso, completamente inadequado à situação: "Velho, para com isso, acabou a treta, já era!". Durante três longos segundos, ele parou de gingar, desarmou a guarda e virou na minha direção. Seu olhar, hoje posso afirmar com segurança, expressava alívio, até alguma compaixão. Voltando a si, para não demonstrar gratidão ao meu conselho, gritou "Ceis são um bando de cuzão", ou coisa do tipo, e disparou em direção aos seus amigos, todos já desesperados para ir embora.

O episódio da briga, tal como pude observar, foi assim, como acabei de descrever. Mesmo passados três anos e meio, lembro muitos detalhes e sensações daquele dia. Mas naquela época fui tomado por um turbilhão de emoções dilacerantes que me deixaram desesperado, beirando a insanidade, sem conseguir refletir com racionalidade ou bom senso. Foi um período muito intenso que durou cerca de dois meses, com muitos altos e baixos. Há alguns anos tinha vivido uma experiência parecida, quando uns caras mexeram comigo perto do meu prédio, mas a lembrança dessa experiência não ajudava em nada. No começo eu realmente achava que estava tudo relacionado àquela briga, que existia algum tipo de ameaça real, que estava sendo perseguido por aqueles caras e que eles eram maus e atormentariam minha vida até o fim dos meus dias. Era tudo tão sem sentido que às vezes me dava conta disso, mas, ao invés de me tranquilizar, ficava triste, culpado por não conseguir distinguir as coisas. Havia momentos em que sentia ternura por mim mesmo, percebia um elevado grau de sensibilidade no meu estado mental e ficava muito contente, mas eram raros e passageiros. Via de regra, vivia tenso, perseguido, andando de um lado para o outro, não conseguindo me concentrar em nada. Tentava esconder isso dos meus pais, mas era impossível. Certa tarde de sábado, num momento terrível de crise, minha mãe perguntou o que se passava comigo e eu não suportei, chorei como um bebê, contei as coisas que povoavam minha mente, o medo que eu tinha de apanhar, de me marcarem para morrer. Meu pai logo entrou na conversa, muito interessado. Ambos ficaram curiosos e foram bastante solidários. Para eles era claro que estava tudo na minha cabeça, que não existia nenhum tipo de situação externa. Eles ligaram para um tio psiquiatra, o tio Cesar, irmão da minha mãe, e ele sugeriu que eu começasse a fazer análise. Indicou o Dr. Benny, amigo próximo dele. Eu não simpatizei muito com a ideia, mas estava tão desesperado, com os nervos tão à flor da pele, que resolvi ir para uma conversa.

Na primeira sessão contei o que se passava comigo, e a primeira coisa que ele falou foi sobre o fenômeno da reverberação, como às vezes o som produzido em uma câmara passa a sensação de ter sido produzido em outra, e fez uma analogia com a mente humana, afirmando que tendemos a associar algumas angústias a situações externas, mas na verdade elas se referem a algo interno, íntimo, profundo.

Gostei daquela ideia, talvez porque ouvir de um especialista que tudo estava apenas na minha mente funcionou como uma garantia momentânea de que não estava sob perigo. Mas acho que gostei, principalmente, porque fazia sentido o que ele falava. Nos raros momentos em que eu conseguia ser sensato, percebia o absurdo daquela fantasia de perseguição.

Naquele dia, saquei que era bom conversar abertamente com alguém, que isso ajudava a lidar com as coisas com maior bom senso. Percebi também que havia um longo trabalho a ser feito e decidi continuar frequentando as sessões.

Foi o início do meu período de psicanálise, que durou os últimos meses do colégio, o período do cursinho, em que conheci a Julia, e praticamente todo o primeiro ano da faculdade. No começo ia três vezes por semana. Era contra minha vontade essa frequência excessiva, mas era a única forma que o analista topava trabalhar. Por ser um amigo próximo do meu tio, a quem admirava muito, fez um preço abaixo do que costumava cobrar. Ainda assim, era certamente a maior despesa mensal que meus pais tinham. Eu me sentia culpado por isso, mas meu pai dizia que achava importante que eu não desistisse, que ele pagaria com gosto.

O Dr. Benny era um sujeito sério e frio, nem me cumprimentava quando eu entrava no consultório e deitava no divã. Eu gostava daquilo, odiaria ter um analista que fosse meu amigo, acharia uma enorme picaretagem. No começo, quando ainda estava vivendo uma crise terrível, gostava muito de ir, era confortante externar todas as paranoias. Mas, à medida que o tempo passou e meu estado ficou mais estável, a análise se tornou um sacrifício, não queria falar sobre nada. O Dr. Benny dizia que essa era a melhor condição para a análise, que eu deveria me esforçar para não planejar os assuntos, deixar que eles surgissem na hora em que eu estivesse lá deitado e associasse livremente. Gostava quando me lembrava dos sonhos pois tinha um assunto garantido, e eram sempre interessantes as ligações que o Dr. Benny fazia com as vivências do dia a dia.

Foi nesse período de transição entre querer e não querer comparecer ao divã do Dr. Benny que, além do mau humor, notei uma incrível tendência à dispersão, com a qual passei a batalhar a todo momento. Quando eu falava, estava atento à nossa conversa, mas quando era a vez do Dr. Benny falar eu me distraía por completo. A falta do contato visual facilitava essa dispersão. Sua voz surgia e logo se tornava um som de fundo às minhas divagações, como uma música de elevador. Pensava sobre qualquer coisa, evitava as angústias, o contato com emoções e vivências mais profundas. Mas os devaneios, sempre acompanhados de um terrível sentimento de culpa, não constituíam o único objeto da minha dispersão. Enquanto as palavras saíam melodiosas da boca do Dr. Benny em algum idioma desconhecido, como a voz dos adultos nos desenhos do Charlie Brown, eu também me distraía com o aspecto cru da parte do consultório coberta pelo meu campo de visão. Na parede à minha direita, na qual estava encostado o divã, havia uma janela grande, com a persiana sempre fechada, pela qual a luz entrava apenas nos cantos, formando uma moldura divina que contornava as escuras linhas horizontais. Mas essa parede lateral, assim como o teto, não fixava minha atenção, nem a cadeira de madeira encostada à parede que se escancarava à minha frente. Embora não pendurasse nenhum quadro e fosse de um creme sem graça como as outras, essa parede frontal, sim, era o grande foco de minha atenção enquanto o Dr. Benny falava feito um papagaio. Era atraente porque sua textura era áspera, com ranhuras que formavam desenhos e letras com precisão incrível. Conseguia distinguir rostos, sequências de prédios, carros e letras de diversos estilos e tamanhos. Certa vez, me chamou a atenção uma sequência de letras que se destacou de forma definitiva. Era muito clara a forma da palavra inexistente: *Leyen*. A precisão da interação das letras, o *ele* maiúsculo e as outras minúsculas, era incrível; o tamanho de todas era igual, não havia espaço entre elas mas nenhuma invadia a seguinte. Em relação ao eixo horizontal da parede, a palavra estava levemente inclinada para a direita, dando a ela um aspecto de carimbo ou assinatura. Desde que identifiquei *Leyen* nas ranhuras, parei de procurar por outros desenhos.

Depois de algum tempo, tinha toda a liberdade de conversar sobre os devaneios nas sessões. E quando a dispersão era o assunto, o que passou a ser recorrente, curiosamente eu conseguia prestar mais atenção ao que o Dr. Benny tinha a dizer. Ele falava sobre ódio à análise e ao desenvolvimento, que eu usava a dispersão como recurso para evitar o surgimento de ideias novas e transformações. Passei a tentar me concentrar mais na análise, ao mesmo tempo em que me esforçava para associar livremente. No começo isso me pareceu um bocado contraditório, mas aos poucos esses aspectos se fundiram numa só coisa, um tipo de postura mental. As fantasias de perseguição se esvaíram, não sei se em função da análise ou pela passagem do tempo, acho que as duas coisas contribuíram, e novas angústias passaram a ocupar minha mente, mas de forma completamente diferente, não havia pânico ou desespero. Pensava muito na Lisa.

Os conceitos de ódio e desenvolvimento, separados ou atrelados, passaram a ser objeto de muitas reflexões e conversas com o Dr. Benny. Outras duas palavras também se tornaram fundamentais nas tentativas de me conhecer melhor: medo e agressividade. Qualquer combinação entre esses quatro termos conduzia a conversa a diferentes ideias e aspectos da minha vida. Medo do ódio. Medo da agressividade. Transformação de ódio em agressividade. Ódio ao desenvolvimento.

O Dr. Benny alertava para eu não encarar a análise como aula, religião, para esquecer as sessões quando saísse do consultório, mas era impossível. Não sei se funcionava como uma doutrina ou se aquilo tudo mexeu mesmo comigo, mas não conseguia pensar em mais nada de forma superficial ou corriqueira, tentava analisar cada acontecimento, pessoa e emoção mais profundamente, buscando aspectos inconscientes em tudo, o que era, além de muito chato e desgastante, de uma arrogância sem tamanho. De que adiantava entender intelectualmente alguns conceitos se eles não contribuíam para mudanças efetivas?

Mas, no fim das contas, a consciência dessa aparente contradição acabou resultando em ações mais concretas. Parei de idealizar uma relação com a Julia e a convidei para sair. Começamos a namorar e, como tudo na vida, foi muito diferente do que eu imaginava. Passei a prestar mais atenção nas aulas do cursinho e a me empenhar nos estudos em casa também. Eu não encarei nada disso como uma conquista, também não me sentia mais feliz, pelo contrário, estava mais angustiado, mas desconfiava que as coisas estavam caminhando como deveriam. Com o aumento da ansiedade, passei a beber mais também, muitas vezes por semana. O Dr. Benny, que sempre enfatizava que suas apreciações não eram moralistas, que julgar se algo era certo ou errado era inapropriado, distante da realidade, se limitava a dizer que beber em excesso atrapalhava a evolução da mente, mantinha o indivíduo numa dinâmica de prazer e desprazer, assim como a masturbação, a televisão e outras ferramentas de ilusão. Falava isso de forma imponente, condenatória, o que me motivava ainda mais a seguir bebendo, era um aspecto de rebeldia em relação à análise. Mas a verdade é que eu bebia porque era mesmo necessário, e me sentia muito culpado. As ressacas não eram tão frequentes e pesadas pois em geral, para que eu conseguisse levar bem os estudos, controlava a hora de parar, mas acordava sentindo um estranho misto de culpa, fraqueza e orgulho.

Poucos meses antes do vestibular, o Luiz terminou com a Lisa, e ela largou tudo e desistiu da prova. Fiquei contente e abalado ao mesmo tempo. Já não falava muito com a Lisa, o que me deixou ainda mais aflito com a recusa dela para fazer qualquer coisa, inclusive sair de casa.

Depois da segunda fase do vestibular, em janeiro, fui viajar para o sul da Bahia com a Julia e alguns amigos, entre eles o Rafa e a Clara, sua namorada. Foi a primeira e mais longa de uma série de viagens de ônibus que fizemos e das quais me lembro com muita saudade. Ficamos cerca de quinze dias fora, e vivi um grande estranhamento ao voltar para São Paulo. Descobri que tinha passado na Poli dois dias antes de me encontrar com a Lisa pela última vez, na padaria perto do nosso prédio. Antes de me contar sobre sua nova rotina, de leituras intensas e trabalhos com florais, ela me deu os parabéns sem muito entusiasmo quando viu meu cabelo raspado. Alguns dias depois, sem avisar ninguém, iniciaria sua jornada rumo ao desconhecido. A partir da segunda viagem de ônibus que fiz com a Julia e meus amigos — Carnaval na Ilha Grande —, sempre pensava que poderia encontrar com a Lisa por aí, mas, embora o mundo seja pequeno, nossos destinos não se cruzaram.

5.

Meu primeiro ano de faculdade foi morno. Fiquei um tanto frustrado com a Poli, e isso se manifestou logo nos primeiros dias. As aulas eram chatas e meus colegas traçavam planos de carreira e falavam em enriquecer já no primeiro ano. Essa decepção não significou grande coisa, gostava de muitas coisas na USP — circular pelas unidades, atravessar a Praça do Relógio e almoçar no restaurante da Colmeia, assistir a algum filme no Cinusp, papear com uns militantes que zanzavam pelo Crusp e principalmente bater uma bola e nadar no Cepê. No começo a Julia aparecia para me visitar, almoçávamos na Biologia e encontrávamos amigos do cursinho na FAU. A rotina era suave, não tinha muita motivação para questionar as coisas. Como não trabalhava, ia ao cinema e lia livros à tarde. Comecei a me interessar mais por literatura, e isso acabou influenciando meu jeito de ver as coisas. Lia desde os grandes romancistas do século XIX até os autores brasileiros contemporâneos. Em meio a essa rotina, a frequêcia ao divã do Dr. Benny se tornou um sacrifício. Não queria conversar sobre nada, ficava mal-humorado, os temas se repetiam e eu prestava pouca atenção nas conversas.

Certo dia, durante a Copa do Mundo de 2006, tive uma discussão com a Julia pois queria assistir a todos os jogos, mas ela me reprimia, achava aquilo estúpido. Fiquei angustiado, e ao contar isso ao Dr. Benny, ele começou a falar sobre desenvolvimento, sem nunca deixar de associá-lo ao medo.

Expôs algumas ideias que me pareceram conservadoras, mas que não saíram da minha cabeça, algum sentido devo ter dado a elas. Falava sobre "funções básicas" do ser humano, como o estudo, o trabalho e a formação de uma família. A relação de um casal estava em constante evolução e era criativa, gerava vida. Segundo ele, a "felicidade básica", a única verdadeira, estava atrelada à dedicação a essas funções. Aquilo me pareceu uma ideia católica, o que era estranho pois o Dr. Benny sempre se referia ao pensamento religioso como inadequado, por analisar de forma moral aspectos complexos e profundos. Outra contradição que me surgiu, e da mesma forma me irritou, foi o fato de o Dr. Benny sempre falar sobre o quanto era equivocada a comparação entre as pessoas, que deveríamos buscar o autoconhecimento a partir do que é inerente à nossa individualidade, e de repente a felicidade de todos estava no cumprimento de "funções básicas". Além disso, eu estava aflito com meu problema de ordem prática, a briga com a Julia por causa da Copa.

Essa história ilustra a decadência, em diferentes níveis, de meus relacionamentos com a Julia e o Dr. Benny, dois pilares da minha vida naquele momento. Já estava farto da análise há algum tempo, ameaçava parar há meses, mas o medo de um novo acesso de pânico, de não ter ninguém para conversar sem qualquer amarra, além de achar que a desistência significaria algum tipo de fuga inconsciente, tudo isso deu prosseguimento às desanimadas e caríssimas conversas às segundas e quintas (àquela altura tinha conseguido diminuir o número de sessões para duas por semana).

O Dr. Benny era contra minha iminente decisão de parar. Argumentava que o trabalho era longo, complexo, não adiantava vislumbrar resultados mensuráveis e imediatos, havia uma série de questões a serem desenvolvidas em tempo indeterminado. Pensando no contexto da nossa sociedade doente, em que a lógica dominante era totalmente contraria àquela, dava razão a ele; era como se me sugerisse a leitura dos clássicos, enquanto eu pedia um livro de autoajuda. Por outro lado, largar a análise naquele momento envolvia coragem, autonomia, encarar a situação de frente, e não deitado num divã, trancado num consultório com porta à prova de som.

Essa lengalenga se arrastou até o fim do ano. Ajudado pelo fato de ter arrumado estágio num banco de investimentos, disse ao Dr. Benny que não teria mais tempo para continuar nosso trabalho e me despedi, na última quinta-feira antes do Natal, com um frio aperto de mão. Saí pela última vez de seu consultório contente, inundado pela agradável ilusão de liberdade.

A outra decadência em curso naquele período era a da minha relação amorosa. Um certo romantismo de que tanto gostava se enfraquecera, mas até aí tudo bem, embora inexperiente, sabia que era esse o caminho natural dos relacionamentos. O que me deixou mais desnorteado foi a fulminante e radical mudança na visão de mundo da Julia depois que ingressou na ESPM e começou, já no primeiro ano da faculdade, a estagiar numa agência toda descolada. Inversamente ao que acontecia comigo, cada vez mais ela "se apaixonava" pela faculdade e pela profissão de publicitária. Isso foi chocante, para mim era bem claro que só os canalhas mais cínicos poderiam se orgulhar de uma profissão tão pavorosa, nunca minha namorada, a quem eu tanto amava e de quem tanto dependia. De repente, tudo o que eu fazia, falava, deixava de fazer ou de falar se tornou infantil e sem graça. Parou de me visitar na USP e ficava me enchendo o saco para arrumar um estágio. Acho que só comecei a trabalhar no banco, aquele inferno na terra, porque tinha medo de perder a Julia. Aliás, tinha medo também de largar a Poli, vontade que já vinha ganhando força, e aquele despropositado estágio foi uma espécie de cartada final, a última esperança de não ter que recomeçar uma série de coisas.

Comecei a trabalhar na segunda quinzena de janeiro, depois de uma viagem com a Julia, só eu e ela, a Buenos Aires e à Terra do Fogo, disparado o lugar mais bonito que já fui. Os dias isolados diante da beleza cinematográfica daquele extremo de mundo deram uma espécie de sobrevida à nossa relação, que ainda se arrastaria por pouco mais de um ano. Gostaria de ter ido de ônibus à capital argentina, mas a Julia tinha perdido a paciência com a estrada e conseguiu passagens de avião muito baratas. Em Buenos Aires, comemos, bebemos e andamos. Enquanto a Julia fazia compras e visitava museus sem pagar, eu me divertia com o tour completo por La Bombonera e gastava minhas horas em San Telmo, perambulando pelas galerias de antiguidades ou lendo o *Olé* enquanto tomava uma Quilmes.

Na Terra do Fogo, da mesma forma, a rotina era sustentada por fartas refeições, regadas a vinhos bons e baratos, e longas caminhadas. Mas havia uma energia diferente ali, assustadora e atraente, que inspirava paz e perturbação ao mesmo tempo. É difícil explicar, mas a estada na charmosa cidade de Ushuaia mexeu comigo de um jeito estranho. Deixamos de lado, Julia e eu, qualquer influência externa do primeiro ano da nossa suposta vida adulta, que provocara tantos desentendimentos entre a gente, e vivemos dias de uma realidade diferente, imprecisa, silenciada e por isso um pouco constrangedora, mas que de certa forma desacelerou o processo de rompimento que estava em curso. Mas hoje desconfio que aquela estranheza não passou de um deslumbramento pouco profundo, influenciado basicamente por paisagens fantásticas.

Retornamos a São Paulo na madrugada de sábado para domingo num voo promocional da Gol, e na segunda de manhã já pedia para o meu pai dar o nó numa gravata cor de vinho, vestia meu único terno e seguia rumo ao meu primeiro dia de trabalho. Estava com medo, me sentia meio ridículo naquela fantasia, despreparado para o que estava por vir. Mas, para minha surpresa, fui muito bem recebido no banco. Ao contrário do que se falava no processo seletivo, era esperado que os estagiários não soubessem nada de nada, e alguns dos meus colegas mais velhos eram muito atenciosos ao explicarem o funcionamento das coisas. Sentiam orgulho por terem um novo pupilo e serem responsáveis por seu desenvolvimento. Não demorou para que eu entendesse o trabalho, e até que a rotina não era tão chata. O que me deixava deslocado eram as conversas, só se falava de carros, dinheiro, Fórmula 1, putas, baladas na Vila Olímpia, era bastante deprimente. A Julia me achava arrogante quando contava a ela sobre essas coisas. Minha rebeldia não passava de uma manifestação mimada de um meninão que sempre teve tudo. Eu dava alguma razão a ela, mas lá pelo quinto mês de estágio já sabia, embora tivesse medo de admitir a mim mesmo, que não queria aquela vida, e que mais cedo ou mais tarde tudo viria por água abaixo.

Na USP as coisas iam de mal a pior. Todos os atrativos extra Poli não me empolgavam como no começo: nunca mais fui ao Cepê, ao Cinusp ou a lugar nenhum. Chegava à faculdade no carro que herdara da minha mãe no começo do ano e zarpava assim que acabavam as aulas, direto para o banco. Não entrei no clima de vestibular que parecia ter contaminado todo mundo no segundo ano do biênio, em que os alunos escolhiam a especialidade que queriam seguir. A maioria queria entrar na engenharia de produção ou na mecatrônica, eu não queria nada daquilo, não dava a menor importância àquela nova etapa de definição profissional. Sabia que em algum momento a casa cairia, eu nunca seria engenheiro, banqueiro ou nada do tipo.

De fato, tudo o que constituía minha rotina era desgostoso ou decadente. Odiava a faculdade, o trabalho, meus colegas em ambos os lugares, minha relação com a Julia se desgastava a cada dia e, para piorar, estava de saco cheio de morar com meus pais, embora eles vivessem um ótimo momento juntos e gostassem da minha presença na casa.

Com o tempo fui percebendo que a falta de reação diante dessa realidade que urgia por mudanças não se devia a motivos concretos, que indicassem uma resolução simples da situação. Era mais como uma nuvem nebulosa, em que aos poucos eu poderia penetrar e entender alguns de seus aspectos. A inércia diante de uma situação que beirava o insuportável envolvia medo de mudanças que originassem uma nova crise de pânico. Percebi que aquele período de violentas fantasias de perseguição vivido no colegial e outro vivido ainda mais cedo, no ginásio, haviam sido de mudanças consideráveis para mim. Uma válvula foi aberta, e emoções que eu não conseguia controlar foram liberadas numa intensidade brutal. Tinha medo de passar por tudo aquilo de novo. Embora já não fizesse análise, lembrava de quando o Dr. Benny falava da transformação de ódio em agressividade, fundamental às mudanças, ao amadurecimento. Mas eu tinha medo de não conseguir fazê-la, o ódio contido era colossal, violento demais para ser transformado em algo útil para mim. Além disso, embora sofresse de desgosto e falta de perspectiva diante daquele circo desprovido de qualquer sentido em que se tornara minha vida, reconheço um certo prazerzinho naquilo tudo. Enquanto a crise não viesse avassaladora, o que eu sabia ser inevitável em algum momento, conduzia a rotina intoxicado por devaneios e masturbações mentais. Não havia necessidades mais imediatas, materiais ou fisiológicas. Tudo estava no seu devido lugar: morava com meus pais, o banco me pagava bem para minha condição de estagiário e eu tinha uma namorada bonita e inteligente. Essa aparente estabilidade, recheada por agradáveis — e oras desagradáveis, tanto faz — produções mentais, contribuía para cultivar a bolinha de pingue-pongue dentro de mim por mais algum tempo, à espera do *big bang*. Com alguns períodos de maior tristeza e outros mais tranquilos, minha vida seguia. A passagem do tempo parecia ser o personagem principal, e eu um coadjuvante qualquer, beirando a figuração.

Pensava na Lisa todos os dias, em como as coisas tinham mudado desde a nossa infância e pré-adolescência. Lembrava das nossas conversas na caixa d'água, dos discos do Caetano e de músicos da MPB de quem eu nunca tinha ouvido falar. Houve uma época em que só escutávamos samba. O conhecimento da Lisa era assustador, eu adorava ouvir ela falar sobre as histórias de vida dos compositores, sempre conturbadas, boêmias, melancólicas. Ela conhecia muita coisa, estava sempre me ensinando sobre tudo. O primeiro livro que me emprestou foi *A hora do amor*. Fiquei tão encantado que li em dois dias. Depois comprei a continuação, *A hora da luta*, e devorei em um dia, metade na caixa d'água e o resto deitado na minha cama. Depois que ela foi viajar, às vezes eu era tomado pela ideia de que nunca mais veria a Lisa, o que me dava calafrios. Mas no fundo tinha certeza que voltaria a encontrá-la. Minha intuição estava certa. Aqui estou eu, num ônibus de viagem rumo a Brasília, a poucas horas de abraçá-la depois de tanto tempo.

6.

A vista da janela é linda, as plantações de cana agora se estendem sem fim. O sol está baixando e faz um friozinho gostoso. Sinto uma felicidade fugaz, acompanhada de um misto de coragem e medo, de não saber nada de nada, é um bocado inspirador. Quando eu era mais novo, costumava dizer que felicidade era um conceito inventado por algum publicitário espertalhão, que viu na combinação de algo irresistível e inalcançável uma fonte inesgotável de ganhar dinheiro. Essa ideia não é absurda, mas hoje em dia já não penso assim. Não me considero uma pessoa feliz, mas não dou muita bola para isso. Acho que a alternância de momentos nebulosos, de intensa angústia e medo, e respiros de calmaria, reflexivos e intuitivos, é mais importante que a felicidade. Ou talvez isso seja um esquema que montei para não me achar um merda incorrigível.

Olho fixamente para as plantações e penso nelas num sentido mais prático, sem perder a sensação boa que o sentido poético que elas inspiram ainda me proporciona. Quem será o responsável por tudo isso? Quando ele comprou uma extensão de terra tão grande? Quem corta toda essa cana? Acho meio deprimente não entender quase nada sobre os processos do mundo, me sinto manipulado, alheio, como se estivesse no *Show de Truman*.

Observo as coisas ao redor; no meu campo de visão há pelo menos uns trezentos produtos manufaturados: a cobertura do encosto de cabeça do assento da frente, as tintas vermelha e preta que estampam Real Expresso sobre ela, o saquinho plástico preso no elástico na parte de trás do assento, o próprio elástico, o botão vermelho do cinto de segurança, o porta-copo preso à parede do ônibus, a cordinha azul por onde corre a cortina, a cortina, as tintas que tingem a cortina; cada produto vem de alguma fábrica onde chegam outros produtos e extrações da natureza, mas na maioria dos casos itens que vêm de outras fábricas, lugares provavelmente muito distantes, invisíveis ao mundo.

Na minha roupa — calça jeans, cueca, camiseta, meias e tênis — tudo é composto por subprodutos: cadarços, panos, botões, zíperes. Acho curioso que das centenas ou milhares de pessoas que eu conheço, algumas mais próximas, outras mais distantes, talvez nenhuma trabalhe diretamente na manufatura dos infinitos produtos que me cercam, que cercam todos nós o tempo todo. Sei que pertenço a uma classe social favorecida e que muita coisa é feita na China etc. etc., mas mesmo assim é incrível, vivo usufruindo a cada momento das infinitas transformações que o homem faz da natureza, e ao mesmo tempo sou alheio a essas transformações e completamente distante das pessoas que fazem elas acontecerem.

De certa forma, acho que acabei prestando engenharia motivado por essa curiosidade de saber mais sobre as transformações das coisas. Além disso, gostava muito de matemática, física e química, e achei que na Poli poderia me aprofundar nessas matérias. Mas minha experiência universitária foi horrorosa, nem as aulas de cálculo me interessavam. Nunca cheguei perto de entender nada sobre a transformação de nada. Poderia ter sido diferente, mas no meio do caminho percebi que não seria trabalhar numa construtora o que me faria feliz. Talvez eu devesse me mudar para a China e trabalhar numa fábrica, naquelas infinitas linhas de produção, repetindo a mesma operação milhares de vezes todos os dias, e morar numa vila operária, numa casinha igual a outras milhares de casinhas, todas alinhadas de forma sistemática. Não sei de onde tirei a ideia, agora, de que isso me daria alguma tranquilidade. Acho que só me sentiria em paz mesmo numa comunidade pequena, em harmonia com a natureza. Foi o que a Lisa buscou, mas mesmo ela entendeu que não era só isso.

Não sei se é possível transformar aspectos mais profundos e com isso diminuir o sofrimento. Meu analista dizia que sim, mas a meu ver, na minha desinformada e corriqueira visão da coisa, quando o homem descobriu que não tinha domínio sobre sua própria mente, que não era só Deus que não mandava nele, ele próprio não era senhor de si, quis acreditar que havia meios de expandir seu autoconhecimento e desenvolveu processos como a psicanálise, mas tenho sérias dúvidas de que isso seja possível. Às vezes, quando essa ideia me vem à cabeça, penso na beleza das coisas como elas são, sem querer mudar nada. Tem uma música da Legião Urbana que diz "Me deixa ver como viver é bom, não é a vida como está e sim as coisas como são". Tem também uma dos Rolling Stones, em que o sujeito diz à mulher que, embora eles ainda se amem, não podem mais ficar juntos, mas lembra a ela o que a miséria não pode arrancar das pessoas: *"Angie, Angie, ain't it good to be alive?"*. As duas músicas tratam de uma energia inerente à vida, que está imune ao impulso destrutivo. É uma interpretação reconfortante, pois sugere que a humanidade é impotente diante de sua beleza incondicional. Por outro lado, essa ideia pode ser um mero mecanismo de defesa para lidar com a tristeza, uma forma de oferecer a mim mesmo pequenas doses de alívio e esperança.

Tento não pensar em nada por algum tempo mas me convenço de que agora isso não será possível. Além disso, não há distrações à minha disposição, não posso ler nem conversar com ninguém. Especular sobre a miséria humana parece ser mesmo o passatempo do momento. A experiência pessoal e a masturbação oferecem substância aos devaneios. Lembranças de uma vida perpetuada por um sofrimento confuso, com épocas de maior descontrole e outras mais brandas, fortalecem minhas reflexões e teorias inconsistentes.

Nos períodos em que a mania de perseguição chegou ao extremo, havia dias em que eu desejava mesmo morrer, mas não queria me suicidar e assim chamar a atenção e provocar sofrimento. O que mais me animava, que me deixava excitado pra burro, era pensar na possibilidade de uma catástrofe natural que acabasse com toda a humanidade. De certa forma, essas vivências contradizem a ideia que agora pareceu tão clara para mim, de que viver é, em essência, uma coisa boa.

Estou ficando confuso, não sei bem o que se passa comigo mas não me sinto bem.

Decido levantar para mais um copo d'água.

Ao chegar no fundo do ônibus, percebo que estou num lugar estranho, não me sinto em casa. Bebo a água a goles pequenos enquanto penso que os últimos assentos são os piores; além das cadeiras não reclinarem, ficam ao lado do banheiro. O pior de tudo, no caso específico desta viagem, é que nesses dois lugares sentam dois caras grandes, que mal cabem em seus assentos. A tensão é evidente, mesmo que ambos estejam de olhos fechados, aparentemente dormindo.

De repente a porta do banheiro é aberta com violência, batendo com alguma força nas minhas costas e fazendo com que a água do meu copo espirre no sujeito mais próximo. Ele acorda repentinamente, não sei se com o barulho da porta ou os respingos que caem em sua camisa, já amarrotada pelo suor seco. Nossos olhares se cruzam, sinto a baforada malcheirosa do banheiro.

"Perdão", digo.

Ele murmura qualquer coisa incompreensível e fecha os olhos, emburrado. Ainda com o copo na mão, tomo o rumo de casa, caminhando pelo corredor atrás da mulher que saiu do banheiro e nem se deu conta do acidente que provocou.

Ao chegar ao meu assento, tomo o resto da água e prenso o copo vazio no elástico do encosto à frente. A calmaria mental retornou. Posso admirar o sol alaranjado, que está baixo, bem ao meu lado, no horizonte, atrás dos campos de cana. A cor do céu ao redor é linda, um degradê que vai do roxo ao rosa.

Devaneio sobre assuntos quaisquer. Algum encadeamento de ideias resulta na lembrança de "Todo o sentimento", do Chico Buarque. Tenho vontade de cantar, mas não canto, apenas ouço a música na cabeça.

Uma emoção brutal toma conta de mim subitamente. Ao mesmo tempo que a vivo, desconfio que não seja profunda. É uma emoção simulada, estimulada pela música. Sinto que ela pode ir embora a qualquer momento, basta eu me distrair ou até mesmo decidir que ela vá. Mas não vai.

As últimas notas do piano ecoam na minha cabeça. Quero ouvir "Todo o sentimento" mais uma vez. Além da emoção intensa que a música despertou, de ter iluminado alguns aspectos obscuros e confusos, sinto uma repentina força vital, um prazer de viver, sem qualquer fundo melancólico ou pitada de culpa. Mas, à medida que começo a divagar, volta a calmaria e esqueço a música.

Começo a duvidar se essa vivência foi de fato significativa ou se foi apenas um episódio melodramático, como quando choramos vendo um filme mela-cueca qualquer, que nos emociona por meio de recursos que os cineastas conhecem tão bem e repetem exaustivamente. Dificilmente alguém não gosta de um filme no qual chora. Fazer chorar no cinema é uma fórmula de sucesso. Durante meu namoro com a Julia, passei a odiar cinema. Alguns amigos dela da faculdade contribuíram muito para isso. Falavam de cinema com ar superior, como se pertencessem a algum tipo de elite intelectual. O Tarantino isso, o Godard aquilo. Era mesmo de vomitar.

No fundo, todo filme é meio canalha e estúpido, basta assistir a qualquer trailer ou ver algum ator, atriz ou diretor falando do próprio filme na televisão para saber. Ou então ver cinco minutos de alguma dessas tantas cerimônias de premiação.

Me sinto um pouco mesquinho por ser tão amargo e prepotente. Apesar de estar sendo sincero, percebo algum prazer no meu mau humor, como se eu fosse um cara diferente, mais esclarecido. Mas a verdade é que não posso reprimir uma visão de mundo legítima por algum complexo desconhecido que faz parte do que eu sou e sempre fui. Quando me dou conta desses traços profundos de personalidade, marcantes e imutáveis, tendo a acreditar na imortalidade da alma, na herança de vidas passadas.

É um pouco assustador, pois em alguns momentos sou cético até os dentes, mas agora sinto mesmo que a alma é eterna, que o tempo e o espaço são abstrações terrenas. Acho que isso não tem nada a ver com ceticismo, é uma verdade quase inquestionável.

Quando eu tinha uns onze anos, fui com meu pai à casa da minha avó na tarde da véspera de Natal. No caminho, ao pararmos num farol vermelho, meia dúzia de crianças, descalças e vestindo roupas velhas, se debruçaram na janela do carro para pedir um trocado. Meu pai disse que não tinha dinheiro mas deu a cesta de Natal do trabalho, que estava no banco de trás. Elas agradeceram, desejaram feliz Natal e saíram contentes da vida, levando a caixa para uma mulher grávida que estava sentada debaixo de uma árvore.

Aquilo me tocou demais. Ao chegar em casa, fui tomar banho e me preparar para a ceia e não contive o choro. A raiva que sentia pelas crianças da escola, de ir e voltar de carro todos os dias, da paranoia de segurança que tomava conta dos pais dos meus colegas, tudo chegou a um nível insuportável nesse dia. Não engolia a lógica que regia as coisas, a falta de sensibilidade, o cinismo, a indiferença. Como era possível ver alguém procurar comida dentro de um saco de lixo ou uma criança estirada na calçada doida de cola e passar reto, como se nada estivesse acontecendo? Lembro que depois da ceia interfonei para a Lisa e ela desceu. Ficamos horas conversando e ouvindo um CD com músicas de Natal orquestradas, eu, ela e minha mãe. O Natal é um troço que mexe demais comigo até hoje.

Saímos da estrada, estamos numa rua cortada por um córrego meio vazio. Já está bem escuro, mal dá para ver a água, mas certamente é suja, de esgoto. Um outdoor do lado oposto da rua, iluminado por lâmpadas fracas, anuncia os novos cursos do COC. Lembro do time de basquete e desconfio que estamos em Ribeirão Preto.

Surge, numa gradação lenta e constante, o burburinho de conversas entre os passageiros do ônibus, que há pouco estava completamente silencioso. Algumas luzes de leitura são acesas. Ouço um choro manhoso, acho que vem da menininha de moletom rosa, que divide apenas dois bancos com seus pais, lá na frente.

Sinto que essa parada é uma espécie de etapa cumprida da viagem, como quando completamos uma fase no videogame. O encontro com a Lisa está cada vez mais próximo. Aproveito este momento de expectativa dentro do ônibus como se aqui fosse um lugar absolutamente confortável e seguro. Alguns momentos que antecedem situações de suposto desconforto, risco ou turbulência acabam se tornando poéticos e melancólicos.

Quando eu era moleque, antes de tomar injeções, fosse na bunda ou no braço, achava confortável quando a enfermeira esfregava aquele algodãozinho gelado na pele. O cheiro do álcool subia às minhas narinas e eu achava aquilo delicioso, não queria que acabasse nunca. Pensava por que diabos não pedia para a minha mãe esfregar um algodão com álcool em mim todos os dias.

Já no dentista, instantes antes da Dra. Inês enfiar um quadrado de metal e um aspirador na minha boca, era o movimento da cadeira elétrica que me dava a sensação de estar tudo no seu devido lugar. Primeiro a cadeira subia vagarosamente, depois girava sobre seu eixo, inclinando-se sutilmente para trás. O barulho grave atingia meus ouvidos carinhosamente, sem agredi-los, e eu poderia morrer ali mesmo. Quando a luz suave me encarava de frente era como uma transição, um aviso manso de que chegara a hora de encarar o mundo.

Outra vivência sublime que mexe comigo até hoje acontece nos minutos que antecedem a tempestade. O céu fica repentinamente escuro, o dia quase vira noite, ouvem-se trovões de intensidades variadas, e as pessoas na rua começam a ficar aflitas e a andar mais rápido. Sinto uma excitação confortável, pura, que nasce de uma sensação apocalíptica e transcendental que foge do meu controle. A conformidade com a impotência diante de uma situação catastrófica nos traz uma visão curiosa mas ao mesmo tempo inerte da vida. Não tenho convicção alguma sobre as palavras que estou usando, é bem possível que a descrição não consiga dar conta da lembrança dessas emoções, muito menos das emoções de fato, mas isso não importa.

Já consigo ver a rodoviária com suas luzes brancas umas duas quadras adiante. Lembro de uma sensação recorrente quando estou num avião instantes antes da aterrissagem. Começo a desejar que o avião caia ou derrape na pista e perca o controle. O desejo vai ganhando força à medida que a cidade se aproxima e a possibilidade do acidente sempre parece real. Quando as rodinhas se chocam com o asfalto e aquele momento insólito chega ao fim, fico um bocado frustrado.

Mas o que sinto agora é bem diferente. Não quero que o ônibus bata num poste ou coisa do tipo. Ônibus e avião são viagens completamente diferentes.

7.

O ônibus para. O motor é desligado, e então o ônibus morre. O barulho de respiração da porta me deixa subitamente deprimido, descrente de que haja alguma possibilidade de ser feliz a essa altura do campeonato. Minha personalidade já está formada, acreditar que a tristeza está ligada aos acontecimentos da vida é agir de forma ingênua, distante da amarga realidade que vem de dentro e não pode ser vomitada para fora ou arrancada por algum médico lunático que reencarne o Dr. Fritz. As feridas da alma não podem ser cicatrizadas. Maldito ônibus parado e desligado. Morto.

Algumas pessoas sobem e ocupam lugares vazios, enquanto outras descem porque chegaram ao destino final. O movimento no corredor é conturbado. Uma mulher afoita caminha em direção ao fundo seguida pela filha pequena, que carrega um pacote aberto de salgadinhos. O cheiro toma conta dos meus sentidos e me faz esquecer do frio, que ficou mais intenso desde que a porta foi aberta. Respiro fundo, trago o odor artificial de bacon e percebo que estou me sentindo melhor, contente até. Simpatizo demais com a garotinha e tenho pena por ela não ter qualquer perspectiva de uma alimentação mais saudável, mas logo me sinto besta por ter pena de uma criança tão divertida e espirituosa.

Ao retornar o olhar para a frente, noto que uma garota muito cheirosa, com um desses perfumes que nos deixam hipnotizados, ajeita uma mala no bagageiro logo acima da minha cabeça. O aroma massageia meu cérebro e elimina qualquer resíduo do cheiro do salgadinho de bacon. Seu rosto está voltado para cima, na direção da mala, de forma que eu não consiga vê-lo direito, mas que me permite observar seu corpo sem constrangimento pois seus olhos não cruzam com os meus. É magra, mas não esquelética. Embora tenha estatura média, é do tipo de mulher pequena, com seios pequenos, ombros estreitos e um quadril bem delineado. Eu chutaria que nunca fez regime ou se preocupou com o peso, mas leva uma vida naturalmente saudável. Veste calça jeans branca de cintura baixa, uma camisa de linho verde bem clarinho e uma malha preta aberta na frente. Por estar toda esticada, sua barriga fica à mostra de um jeito sensual. Imagino que nos pés vista qualquer coisa com salto. Não entendo nada de moda, nem tenho vontade de entender, mas seu figurino, juntamente com o perfume hipnotizante, me leva a crer que seja vaidosa, de uma vaidade simpática, espontânea, não escandalosa ou cheia de atitude.

Fico excitado com a possibilidade dela sentar ao meu lado. Começo a imaginá-la sem roupa e a excitação aumenta. Penso em beijar sua boca sem pressa, depois trilhar os lábios até o pescoço, com beijos vagarosos em seu rosto pálido. Desço a boca até os seios, que chupo com voracidade carinhosa, mordendo suavemente os mamilos duros de tesão. Beijo também a barriga, o umbigo, desço mais. Mas de repente, como uma espécie de censura, a fantasia começa a perder força. Noto que, além de algum componente obscuro desse boicote, a excitação física não corresponde à tentativa de masturbação mental, pois não consigo pensar a situação em que tudo isso possa estar acontecendo de fato. Até no pensamento acabo broxando e passo a me sentir o sujeito mais tolo do mundo.

Desde que terminei com a Julia, fico apavorado só com a ideia de me aproximar de uma garota, e masturbação é um troço que me deprime demais. Estou irritado e com a cabeça inchada. Agora a garota está mexendo nos zíperes da bolsa que arrumou no bagageiro, ainda na mesma posição. Talvez esteja conferindo se todos estão fechados corretamente, o que pode ser a manifestação de algum grau de TOC. Fico com pena dela.

A pena evolui para um impulso descontrolado de solidariedade, que logo se transforma em compaixão. Começo a cogitar que se de fato ela se sentar ao meu lado podemos trocar alguns beijos sem compromisso, com a possibilidade de nos apaixonarmos, e a chance disso acontecer, que agora parece real, me deixa mais excitado que a montagem que criei há pouco, da gente dando uns amassos em algum lugar que não consegui imaginar. De repente ela abaixa o rosto e é muito tarde para desviar o olhar. Seus olhos castanhos são bonitos e misteriosos.

"Oi", diz ela, de forma tímida, no mesmo instante em que sinto um forte cheiro de maconha vindo de trás. A mistura de cheiros no ônibus é um tanto curiosa.

"Olá", respondo, e não consigo dizer mais nada. Ela olha a passagem, como se estivesse se certificando de que aquele é mesmo seu lugar, mas suspeito que só queira se distrair do silêncio que sobrou depois das nossas tímidas saudações. Ela dissimula bem, sua expressão de curiosidade convence. Sem pensar, num ato reflexo, retiro minha mochila do assento e a coloco embaixo dos pés.

Ela senta ao meu lado e olha timidamente para frente. Com o canto do olho, consigo ver bem seu perfil e concluo que é mesmo vaidosa. Seu cabelo preto e liso não é muito comprido, mas ainda assim está preso por um palito de madeira de um jeito todo estiloso. Sua orelha pequena e esquisita sustenta um brinco de argola dourado imenso.

O cheiro de maconha ganha intensidade e constância, o que torna nosso silêncio ainda mais constrangedor. Acho que alguém acendeu um baseado no banheiro, o que já é meio bizarro, mas considerando que o ônibus está parado na rodoviária, é uma atitude arriscada, meio burra até. De qualquer forma, fico com vontade de dar uns peguinhas. Não sou muito maconheiro, não fumo quase nunca, mas curto dar uns tapas de vez em quando. Agora me ajudaria bastante, pois a maconha, além de confundir o tráfego de ideias, me deixa um bocado desinibido e falante. Mas por outro lado acho legal estar sóbrio nesta situação, é bastante desafiador encarar esse misto de impulsos confusos e reprimidos, despertados com a chegada da vizinha nova.

Surge o barulho do motor e o ônibus começa a se movimentar novamente. Ao que tudo indica, o maconheiro se safou. Não tenho o menor interesse em saber quem é ou se já saiu do banheiro, a verdade é que estou tenso com a presença da garota ao lado, de quem ainda nem sei o nome. A marofa se dissipa e o silêncio se torna um pouco menos tenso. Acho incrível como as relações humanas são baseadas em medos e tensões tão terríveis quanto inevitáveis. Por mais que tenhamos consciência de que ninguém é melhor do que ninguém, que podemos nos manifestar sem medo de repressão, porque se formos reprimidos o problema é na verdade do repressor, por mais que pensemos que tudo isso faça algum sentido, ainda assim sentimos um medo avassalador diante do outro.

Já estamos de volta à estrada, as luzes estão bem baixas e todo mundo está sentado. Muita gente subiu em Ribeirão e o ônibus ficou praticamente lotado. Lá fora já está escuro, o que contribui para o clima melancólico que paira entre os passageiros, imagino que outros recém-acompanhados sintam o mesmo desconforto que sinto em relação à garota ao meu lado.

De repente lembro do propósito da minha viagem e qualquer curiosidade ou tensão relacionadas a essa patricinha perfumada perdem força. Já é noite, e amanhã de manhã bem cedinho encontrarei a Lisa, e a partir daí é impossível imaginar qualquer coisa. Sinto um medo terrível, que se manifesta fisicamente na necessidade de ir ao banheiro, mas a vontade passa logo.

Na medida em que o intestino se acalma, o medo passa a uma dimensão mais sofrida e triste, mas menos ansiosa. Mudanças estrondosas estão por vir, provavelmente acompanhadas de algum sofrimento maluco e catártico, mas tudo isso é inevitável e repentinamente me sinto feliz, vivo, jovem!

"Você está indo pra Brasília?"

"Não, vou descer em Catalão. Você conhece Catalão?"

De cara percebo que é uma garota simpática pra burro, e estava mesmo querendo conversar, mas devia estar insegura, esperando que eu tomasse a iniciativa.

"Não conheço."

"É uma cidadezinha no sul de Goiás, um pouco acima de Uberlândia. Uberlândia você conhece, né?"

Ela dá uma risadinha discreta, envergonhada mas irônica, tirando uma com a minha cara. Sua voz é nasalada, de uma rouquidão poética que inspira pureza, não sensualidade. Isso me deixa um bocado excitado. Noto também um sotaque não muito forte e de origem não familiar.

"Uberlândia eu já ouvi falar, mas nunca fui."

"Ah, lá é bom demais, minhas duas irmãs se formaram na Federal e nem quiseram saber de voltar pra Catalão."

"Legal..."

Durante alguns segundos ficamos em silêncio. Poderia prosseguir com a conversa de duzentas formas, perguntar que curso fizeram as irmãs, que diabos ela estava fazendo em Ribeirão, seu nome!, mas fico calado, sem dizer absolutamente nada.

"A gente nem se apresentou. Eu sou a Paula."

"Prazer, Paula, eu sou o Nico."

Num impulso impensado, guiado pelo nervosismo que foge do meu controle, giro o corpo e beijo sua bochecha. Noto que além de muito branca, sua pele é macia e hidratada. Sou bastante atento a essas coisas, não sei por quê. Ela fica surpresa com a ousadia e se inclina um pouco para trás. Fico meio sem jeito, mas tenho a impressão de que ela está gostando de conversar comigo.

"E você, Nico, tá indo pra Brasília?"

"Tô. Vou encontrar com uma amiga, depois vamos viajar pela Chapada dos Veadeiros."

"Que delícia! Nunca fui pra lá, mas ouvi dizer que é lindo."

"É, acho que é. Você mora em Catalão?"

"Não, eu sou de lá, estou indo visitar meus pais, mas moro em Ribeirão."

"Você estuda lá?"

"Estudo, faço medicina."

"Na USP?"

"Não, na Unaerp. E você, estuda?"

"Eu faço engenharia na USP, lá em São Paulo."

"Que legal!"

"É, é bem legal."

Estou nervoso e não tenho a menor vontade de contar toda a porcaria da história para a Paula. A verdade é que sinto uma vontade terrível de beijar sua boca e acariciar seus cabelos.

"Você mora sozinha em Ribeirão?"

"Não, com uma amiga, a Aninha..."

De repente sua expressão fica mais tensa.

"Coitada, ela tá enfrentando uma barra terrível."

"O que aconteceu?"

"Ela está grávida, mas tem medo de contar pro namorado. Em casa fica chorando o dia inteiro, e quando está com ele parece a pessoa mais tranquila e alegre do mundo. Puro teatro."

"E quem mais sabe que ela está grávida?"

"Só eu. E agora você. Nem pros pais ela teve coragem de falar."

Paula me olha desconfiada, como se eu fosse correr atrás do namorado da Aninha com a notícia de que ele vai ser pai. Mas eu entendo sua desconfiança, sou a pessoa que menos sabe dimensionar os problemas. Dependendo do meu estado mental, posso transformar qualquer besteira num monstro cruel e persecutório, que não tem outro objetivo senão o de acabar com a minha vida. Sem que ela diga nada, tento esclarecer o incômodo.

"Fica tranquila, eu nem conheço sua amiga, e mesmo que conhecesse, nunca contaria uma coisa dessas pra ninguém."

"Eu sei que não, mas eu me sinto bem de poder falar isso pra alguém, essa história está me dando nos nervos."

"Que bom, fico feliz por poder ajudar."

E fico mesmo. Mais feliz do que ela imagina.

Penso na Aninha, na tortura que está criando para si mesma. Sinto pena dela, conheço esse processo, imagino o quanto deve estar sofrendo. Mas logo começo a sentir ódio da enorme arrogância que parece não caber em mim. Que tolice achar que eu sei o que se passa com a Aninha. Além de não a conhecer, no caso dela existe uma situação externa real, gritante: a gravidez! Não se trata de remoer algo inexistente, como a ameaça inventada de um playboy mineiro ou a lembrança de não ter se despedido dos pais.

Olho para o lado e vejo a Paula sentada ereta, de olhos bem abertos e sem foco, sua cabeça está levemente inclinada na minha direção. Se tivéssemos mais intimidade, provavelmente encostaria em meu ombro. Sua expressão vaga me deixa triste, me sinto culpado por nossa conversa ter esfriado, acho que ela queria falar mais a respeito de sua amiga. Agora está divagando como eu. Volto a pensar na Aninha, que já é uma pessoa íntima, por quem eu torço muito. Posso parecer exagerado, mas eu daria a vida por ela, cuidaria do seu filho, trabalharia dia e noite para sustentá-lo, faria o que fosse necessário.

Penso que em breve ela não poderá mais esconder sua condição. Isso talvez seja o lado positivo da coisa, a salvação, a ajuda da mãe natureza que ela não poderá recusar. Sua barriga vai crescer e ela não terá a opção de ficar remoendo a história até enlouquecer. As manifestações corporais de sua gravidez obrigarão Aninha a externar, e assim resolver seu problema, por mais dolorida e transformadora que seja essa resolução.

"Ela foi visitar uma clínica de aborto na semana passada, lá em São Paulo, mas ela já tá com mais de dois meses, se quiser fazer o aborto, tem que ser nos próximos cinco dias. Eu queria ter ficado, mas ela preferiu ficar sozinha até decidir. Espero que desista..."

"Olha, Paula, eu não conheço a Aninha, é difícil falar qualquer coisa, mas espero que ela desista também. Espero que ela tenha o filho. Quem não ficar feliz com a chegada da criança não merece estar perto dela."

Me sinto meio tolo por ter dito isso. "Merecer" é um verbo bastante cretino, mas acho que a Paula entendeu a mensagem. Ela responde com um sorriso gostoso, de gratidão sincera. Mas há um quê de cumplicidade nesse sorriso também, como se nos conhecêssemos há muito tempo. Fico tocado com isso.

"Você tem namorado lá em Ribeirão?"

"Tenho sim. Ele é residente na ortopedia, quer trabalhar com medicina esportiva."

"Como ele chama?"

"Carlos, mas todo mundo chama ele de Quico. É que ele é meio bochechudo..."

Paula solta uma risada saudosa. Ela deve ser apaixonada pelo Quico e em hipótese alguma me beijaria aqui no ônibus. Fico ainda mais excitado, agora posso idealizar toda a história, montá-la do jeito que for mais conveniente para mim.

Sorrio de volta, como se tivesse achado alguma graça na história do apelido do namorado. Minha cabeça está inchada mais uma vez. Estou cansado do ônibus, da viagem. O mau humor toma conta de mim e de repente perco a vontade de conversar. Não sei se demonstro isso de alguma forma ou se ela está de saco cheio de mim também, mas sem oferecer qualquer justificativa ela levanta, pega um desses *iPods* pequenininhos na sua mala e enfia o fone nos ouvidos.

O aparelho laranja metálico está envolto em sua mão esquerda, sobre o apoio de braço que divide nossos espaços. Ouço as notas mais resistentes de uma música eletrônica, como se estivesse a quilômetros de distância de uma *rave*, mas o som vem de dentro das orelhas da Paula, do calor aconchegante de seus ouvidos. É uma batida marcada, dançante, mas ela está de os olhos fechados, como se ouvisse o canto de monges tibetanos.

Me concentro para tentar identificar a música, mas não consigo.

Aos poucos a batida perde importância. Assim como perdem importância a Paula, a Aninha, o Quico e todo mundo. Puxo uma malha peruana de dentro da mochila e visto. Que gostoso, por que não fiz isso antes? Não está um frio absurdo, mas a temperatura caiu bastante desde que escureceu. Encosto a cabeça na cortina, que está puxada e acumulada bem próxima à minha cabeça, servindo como um travesseiro desconfortável. Apoio uma mão no vidro e percebo que está gelado.

Descanso o olhar através da janela; é uma noite escura, sem luar, cheia de estrelas. Não vejo muitos carros na estrada, os poucos que passam no sentido contrário do ônibus me deixam melancólico. Fico imaginando para onde estão indo e se chegarão ainda hoje. Surge uma lembrança da minha infância, não muito clara, não de um episódio isolado, mas de um sonho ou delírio recorrente, que vinha principalmente quando eu estava doente e dormia com febre. É difícil descrever esse sonho, não me recordo de imagens, acho que nem havia imagens, era mais uma sequência de emoções muito turbulentas. Tudo parecia estar calmo, mas eu sabia que alguma catástrofe estava prestes a acontecer, algo muito mais sério que minha morte ou o fim da humanidade. Existia algum jeito de impedir tudo isso mas eu não sabia qual era, me sentia impotente e culpado. Era bastante confuso, a salvação estava ao meu alcance ao mesmo tempo que fugia do meu controle. A catástrofe se aproximava avassaladora e então acontecia. Tudo estava perdido mas não havia nenhum tipo de alívio ou consolo nisso, era a pior emoção do mundo, muito pior do que a morte. Nesse momento eu acordava morrendo de medo. Quando me dava conta de que era um pesadelo, ficava deitado no escuro, aterrorizado, como se alguém estivesse no quarto me fazendo companhia.

Uma das vezes em que tive esse sonho, e essa lembrança também não é muito clara, embora a recordação das emoções seja muito intensa, acordei gritando, descontrolado. Na parede atrás da cama tinha um emaranhado de lagartas, que percorria todo o batente da janela; eram venenosas, se encostassem em mim provocariam queimaduras irreversíveis. Lembro de observá-las de perto tomado por um terror alucinado. Minha mãe entrou no quarto aflita me perguntando o que estava acontecendo. Eu apontava para a janela e ela dizia que não tinha nada lá, mas eu podia ver nitidamente as lagartas. Então ela saiu do quarto, voltou com um copo d'água, apagou a luz, pôs minha cabeça no colo e ficou fazendo cafuné até eu me acalmar e pegar no sono de novo. Não me lembro de mais nada em relação a esse episódio, acho que nunca conversei a respeito dele com a minha mãe, nem no dia seguinte, e desconfio que se eu falar sobre ele hoje em dia ela nem vai se lembrar. A recordação é tão confusa quanto intensa, chego a desconfiar que nada disso tenha realmente acontecido.

Lembro de muita coisa da minha infância. O mais curioso é que a maioria dos acontecimentos não teve grande importância. É claro que não é o caso desse sonho que vira e mexe eu tinha, que me marcou profundamente, mas a maior parte são lembranças de situações cotidianas. Eu me recordo com clareza, por exemplo, de uma conversa que tive com um colega chamado Bruno quando eu tinha uns sete anos. A gente estava no pátio da escola no recreio e ele me ofereceu um drops de hortelã, que vinha numa embalagem verde. Eu aceitei, mas disse que preferia o pacote colorido, em que as balas eram sortidas. Ele falou que do pacote colorido só gostava do amarelo, que achava até melhor que o de hortelã, mas como não gostava de nenhum outro sua mãe comprava o pacote verde. Então eu disse que o único que eu não gostava do pacote colorido era o vermelho escuro, que tinha gosto de Aerolin, o xarope que minha mãe me dava quando eu tinha ataques de bronquite. Foi só isso. Aconteceu há uns quinze anos mas lembro como se fosse ontem.

A memória é mesmo um troço curioso. Algumas inquietações me acompanham desde que eu era muito pequeno. Certa vez, quando eu estava na quarta série, a Sônia, uma professora gente fina de quem eu gostava muito, me deu uma bronca homérica no fim da aula porque eu não parava de conversar durante sua explicação. A descarga foi tão calorosa e cheia de raiva que eu fiquei sem saber o que fazer. Os outros alunos também ficaram muito impressionados, nunca tinham visto nada parecido. Depois do silêncio que se seguiu à bronca, levantei derrotado e saí da sala. Ao passar pela professora me senti mais imbecil e culpado ainda, pois percebi que ela estava arrependida por ter sido tão severa e eu sabia que no fundo merecia ouvir tudo aquilo. Quando cheguei em casa, passei a tarde inteira pensando o quanto seria constrangedor o encontro com a professora no dia seguinte. À noite não conseguia dormir, ficava apavorado com a ideia de aparecer na escola e ter que encará-la. Nessa hora, ali na cama, não sei por que diabos, pensei que ao falarmos sobre qualquer aspecto nosso usamos o pronome possessivo "meu" ou "minha": meu coração, meus olhos, meu cérebro, minha mente, minha alma. Mas quem é o "eu" a quem pertencem todas essas coisas? Quem responde por mim se só consigo identificar o que é de minha posse e não quem eu sou? É uma ideia meio idiota, mas naquele momento me ajudou bastante, não havia um "eu" para ficar constrangido diante da professora; quando ela me encontrasse, veria um bocado de partes pertencentes a alguém que ela nunca conheceu ou teve contato. Mas esse "eu" era eu mesmo, que estava protegido, invisível, portanto não havia o que temer.

Ainda hoje volta e meia me pergunto: quem, ou melhor, o que sou eu, onde está centrada toda essa merda?

Estou com vontade de conversar mais com a Paula mas ela parece habitar um universo paralelo. Tenho raiva desses aparelhos de música portáteis. Acho tão bom andar nas ruas, pegar um metrô, um ônibus, caminhar no parque e poder observar e ouvir as pessoas e barulhos ao redor. Hoje em dia todo mundo é obcecado por essas porcarias de *iPod*. Onde quer que vão estão sempre isolados nos seus mundos particulares, é muito chato. Celular é outra coisa que me dá nos nervos. A bateria do meu acabou quando eu estava saindo de casa, justamente na hora em que uma moça da Vivo me ligou para falar sobre os novos planos. Pro inferno com os novos planos. Pro inferno com a Vivo!

Tenho um impulso terrível para ser grosso com os atendentes de telemarketing, principalmente os que ligam no celular ou em casa, aí penso que o sujeito que está ligando não tem culpa de nada, e que já basta ele ter a profissão mais ingrata do mundo, não merece ficar ouvindo grosserias. Mas se um dia eu cruzar com o dono da Vivo ou com o boçal que inventou aquele boneco ridículo, sou capaz de cuspir na cara deles.

Na verdade não sou capaz de porcaria nenhuma, covardia é meu nome do meio, mas essa seria minha vontade. Celulares, que idiotice! Quando eu era pequeno ninguém tinha essa joça e tudo funcionava normalmente, hoje se você não tem um aparelho descolado, de preferência um smartphone, é como se fosse um alienígena.

Mas de todas essas coisas inúteis o que mais me irrita é o *Facebook*, que está começando a virar mania. Antes era o *Orkut*, que era um pouco menos tosco pois as pessoas não ficavam publicando uma groselha a cada meio minuto. Fechei meu *Orkut* pouco tempo depois que criei, mas recentemente abri um conta no tal do *Facebook* porque queria encontrar uma garota sérvia que conheci numa festa da faculdade. Chamava-se Zorica e era muito simpática e bonita. Nem sei direito o que estava fazendo no Brasil, mas conversei com ela sobre tênis durante algum tempo enquanto tomávamos cerveja, depois nunca mais a vi. Então entrei no *Facebook* e nada da Zorica. Mas quando me dei conta era tarde demais, estava meio viciado no negócio, me pegava entrando no meu perfil e fuçando na página dos outros várias vezes por dia. Cada vez que fazia o *login* surgia a lista de novas publicações e comentários, cada um mais cretino que o outro: "Bom dia", "Bom dia, Rô", "Parabéns, não sei quem!", "A vida é bela", "É mesmo, Má!". Toda vez eu me sentia horrível, mas continuava entrando do mesmo jeito, e continuo até hoje, embora não seja mais um vício doentio.

O mais bizarro do *Facebook* é notar o quanto as pessoas são sádicas, como querem se sobressair aos outros, parecer mais felizes, querendo, de uma forma velada, que seus "amigos" se sintam mais miseráveis diante de seus comentários inteligentes, *links* espertinhos e dicas de como se deve viver a vida. A Julia é a rainha das "novas mídias", tem um milhão de "amigos"; foi pelo *Facebook* que eu soube que ela está num "relacionamento sério".

Talvez eu veja tudo isso de um jeito tão amargo porque estou muito triste e sem perspectivas, mas se for isso mesmo, acho muito saudável e esclarecedor esse período de crise. Se um dia eu me pegar achando legal o *Facebook*, acho que prefiro morrer ou ser internado.

Suicídio é um troço curioso. No auge das minhas fantasias persecutórias pensei que morrer fosse a única válvula de escape, mas nunca levei essa ideia muito a sério, muito menos a real hipótese de me matar. Ainda assim tenho algum fascínio pelos suicidas. Uma das explicações para um sujeito dar cabo da própria vida é que ele é tão sensível que não consegue mais lidar com o mundo a sua volta. Sou solidário com as pessoas que não conseguem de forma alguma externar algo nebuloso. Alguns dos maiores artistas, a meu ver, são anônimos, pois nunca produziram arte alguma. Nunca conseguiram expulsar os demônios que habitam suas almas. Alguns não suportam essa condição e encontram no suicídio a única saída. Gosto muito dos livros em que percebo essa angústia do escritor, que por pouco não ficou presa dentro dele, torturando-o até o limite do insuportável.

Lembro de um romance curto, que mais parece uma peça de teatro, chamado *O natimorto*, do Lourenço Mutarelli. O livro conta a história de uma cantora cuja voz é tão bela, mas tão bela, que ninguém consegue ouvi-la. Achei interessante essa ideia, tem a ver com o que estou querendo dizer, embora o livro não se enquadre na descrição que fiz agora há pouco. Já não sei muito do que estou falando, volto a me sentir cansado e culpado, sabe-se lá por quê.

Estou com fome também, mas sem vontade de comer. Gostaria de ter um Power Gel, aquelas gosmas embaladas que servem de energético aos atletas. Ficaria espremendo o conteúdo do saquinho na boca aos poucos, me alimentando como um mutante do futuro, ruminando no plástico sem pressa.

A verdade é que gostaria de ter sido um atleta profissional. Um jogador de tênis. Tenho inveja do Rafael Nadal, que, acabou de desbancar o Federer em Wimbledon. Mas não é por esse feito que tenho inveja dele, nem pelos milhões de dólares na sua conta bancária. Não dou a mínima para dinheiro, tenho desprezo pelas pessoas que desejam ser ricas. O que me fascina no Nadal é sua obsessão pelo jogo, que de acordo com o que li numa revista, vem desde pequeno. Quando ainda era pré-adolescente, já passava horas do seu dia maltratando a bolinha de tênis. Essa é sua rotina há anos, esse movimento repetido de meter a mão esquerda na bola, descarregar fisicamente qualquer angústia, produzindo alguma substância que dê prazer, alívio, que faça ele se sentir leve. Penso que essa obsessão disciplinada, baseada no esforço físico e na concentração, seja um caminho para se viver bem. Não sei se é possível escolher uma vida assim ou se uma série de circunstâncias que fogem do controle do indivíduo conduzem a ela, mas desconfio que seja um caminho justo para escapar da insanidade.

Olha eu de novo, achando que sei qualquer coisa sobre a vida do Rafael Nadal e propondo uma fórmula de felicidade. Por que não encaro logo meu abismo, não deixo esse mal-estar me carregar para algum lugar desconhecido? Essa perspectiva não é tão ruim, é um bocado excitante até.

O que preciso, no fim das contas, é me dar conta de que não estou mais no fundo do poço, o pior já passou. Não posso transformar o medo em desesperança, estou prestes a viver algo intenso, maravilhoso. Em breve, há grandes chances de eu poder estufar o peito e pela primeira vez na vida dizer genuinamente: sou um sujeito feliz da vida!

Desconfio que agora estou sendo um pouco piegas, acho que felicidade tem mesmo a ver com autoestima, mas não sei direito. Vou me encontrar com a Lisa amanhã e minha vida pode mudar radicalmente. Essa mudança já está em curso; o medo crescente, que a cada quilômetro rodado ganha força dentro de mim, é um indicativo desse processo. Quando eu levantar a cabeça depois da turbulência e aspirar fundo o ar puro, algo mágico terá acontecido, e só conseguirei me dar conta disso aos poucos.

Estou de saco cheio do ônibus. Não chega a ser uma situação insuportável, mas não surge inspiração para me distrair com coisa alguma. Estico o pescoço sobre o corpo da Paula, que parece um *crash test dummy*, e vejo o Catatau do outro lado do corredor. Ao contrário de minha vizinha, que está de olhos fechados mas acordada, o que percebo pelos micromovimentos dançantes de sua cabeça, Catatau dorme feito pedra, encostado num travesseiro sobre o ombro da mãe. Seu corpo amorfo se esparrama sobre o assento, se adaptando a ele como se estivesse em sua própria cama. A boca aberta escancarada dá a dimensão do quanto Catatau está imerso nas profundezas do sono. Tento pensar no que pode estar sonhando mas logo me censuro. Grande garoto, o Catatau! Sinto uma súbita vontade de ter filhos com a Lisa, um monte deles. Essa ideia, que chega de forma avassaladora, traz uma paz imensa, que preenche cada parte do meu corpo. Começo a me sentir muito bem comigo mesmo, calmo, leve como uma pluma. O sono volta aos poucos. Ajeito a cortina amontoada, onde encosto de novo a cabeça, e fecho os olhos, quem sabe não durmo um pouco até a próxima parada.

Tento não pensar em nada, mas desta vez sem tentar me concentrar em objeto algum.

Aos poucos o estado pastoso entre o sono e a vigília toma conta de mim, mas o desconforto físico, que vem à tona em parte pela reclamação do corpo, em parte por algum mecanismo repressor da mente, me traz de volta à consciência plena. O grande problema de ficar inclinado é se apoiar em apenas uma nádega, depois de um tempo a posição se torna insuportável.

Sento mais ereto e volto a encostar a cabeça na janela, agora com menos conforto pois meu pescoço está mais esticado.

O sono volta gostoso. O barulho do ônibus afaga meus cabelos; estou numa espécie de paraíso, nada pode me fazer mal. Sou um sujeito legal pra burro, do bem.

Gostaria de poder conduzir o ônibus mas não consigo. Será que ele está desgovernado, vai perder o controle? Que desespero! Infelizmente não posso fazer nada, o volante está muito longe e não tenho forças para chegar até lá, mal consigo me mexer. Que Deus nos abençoe!

8.

Uma mão suave acaricia meu ombro, levo alguns segundos para entender o que está acontecendo.

O ônibus está parado, e Paula tenta me acordar sem me assustar. Despertar com esse gesto delicado foi tão natural quanto abrir os olhos espontaneamente depois de dormir por umas doze horas. Nem mesmo a interrupção de um sonho divertido, no qual eu jogava tênis com meu primo numa quadra de grama, me deixou minimamente irritado.

Uma moleza deliciosa toma conta de mim. Só quero ficar sem me mexer, curtindo um pouco mais esse mimo. Aliás, passaria o resto da vida aqui, de olhos fechados, sentindo o suave toque dos dedos macios e consistentes da Paula sobre meu corpo.

"Nico, acorda."

Meu Deus, que voz gentil e acolhedora. Se o céu existisse seria qualquer coisa assim.

Desisto. Abro os olhos e giro o corpo em sua direção. Um sorriso meigo me recebe de volta à realidade, como se o mundo fosse um lugar aconchegante e receptivo. Que preguiça dessa parada. As pessoas passam apressadas pelo corredor, já não restam muitas, pego minha mochila embaixo dos pés e a coloco no colo para que Paula entenda que estou me preparando. Esperamos todos os passageiros saírem. Depois de passar o par de marmanjos da última fileira, que parecem ter ficado amigos, Paula levanta, guarda o *iPod* e pega sua carteira e uma *nécessaire* de dentro da bolsa. Parece não se importar em deixar a mala dentro do ônibus. Acho legal isso, me passa a imagem de uma garota desapegada, sem nenhum tipo de frescura, ainda que vaidosa. "Mysterious Ways", do U2, surge na minha cabeça, uma música sensual e empolgante.

Gostaria de ficar aqui sentado, mas sei que preciso comer e esticar as pernas. Paula é um estimulante para encarar essa empreitada. Levanto e caminho atrás dela pelo ônibus vazio. Seu andar é dançante; sua bunda firme, modelada pelo jeans branco, rebola de um jeito discreto, sem ser escandalosa. É ainda mais bonita andando do que sentada. Pela primeira vez percebo que somos amigos e está subentendido que jantaremos juntos.

Do lado de fora o contato com o ar puro traz uma sensação de liberdade. Só agora me dou conta do quanto fechado é o ambiente do ônibus. Mas além de oferecer frescor, o frio que o vento gelado carrega queima o rosto sem piedade, minhas orelhas e meu nariz parecem ter acabado de sair de um *freezer*.

Sem que eu fique surpreso, vejo a marca do Graal nos biombos que detectam as tentativas de furto. Logo abaixo de Graal, integrado ao logo, lê-se "Antares".

"A cidade onde a gente está se chama Antares?"

"Não, Antares é o nome do posto de gasolina. A gente está em Uberaba."

Olho ao redor e só então me dou conta do imenso posto que nos cerca. Alguns caminhões dormem num canto escuro, meio esquecido; é uma visão triste e bonita. A profissão de caminhoneiro é tão dura quanto poética.

"Eu achei que a gente fosse parar em Uberlândia."

"A gente vai, seu bobo, mas Uberlândia é mais pra frente. O jantar é sempre aqui em Uberaba."

Abusando de seu localismo, Paula faz eu me sentir um bobo, de fato. Imagino que ela já tenha feito esta viagem milhares de vezes e conheça este Graal como a palma de sua mão. Rumamos à lanchonete. Na entrada, o cartaz que exaltava um sanduíche de mortadela em Pirassununga traz aqui a foto de uma menininha feliz da vida carregando um saco de pães. "Abasteça acima de 30 litros e ganhe um pão de semolina". Semolina é uma palavra divertida. Lembro da música "I am the Walrus", na voz do Jim Carrey: *"Semolina future"* ou coisa que o valha.

Aqui dentro está mais quentinho, sem vento. Sigo minha guia particular até um bufê central onde algumas pessoas do nosso ônibus estão se servindo. Não estou com muita fome, penso nas opções alternativas: lanches frios, quentes, salgados etc., mas sem muita motivação para escolher, e, sabendo da importância de comer algo com mais sustância depois de só ter deglutido um misto na outra parada, pego uma bandeja azul, talheres embalados num saco plástico e um prato transparente, mais fosco em algumas áreas, o que sugere uma aparência meio suja (essa ideia faz com que eu me sinta um burguês tosco), e espero na fila atrás da Paula. O Graal Antares me parece mais acolhedor que o de Pirassununga. Não sei se é porque tenho a impressão de ser menor, por notar que algumas de suas paredes são de tijolinho, se é a companhia da Paula ou o fato de ser noite, mas o ambiente aqui é mais convidativo.

Minha amiga se serve de uma porção de coisas da parte de saladas e afins: maionese, rúcula, alface, cenoura ralada, tomate, ovos de codorna etc. O que mais me intriga é a quantidade assombrosa de beterraba que põe no prato, não consigo entender como tem gente que gosta de beterraba, para mim tem gosto de terra com açúcar. Para falar a verdade, não gosto de salada nenhuma, acho salada um troço sem graça pra burro.

À medida que a Paula vai pegando de tudo e meu prato continua vazio, ela começa a se sentir incomodada.

"Não vai pegar salada, menino?"

"Não, não sou muito chegado em salada."

"Uai, mas devia comer do mesmo jeito, salada faz bem."

"É, eu sei..."

Obrigado, mãe, eu não sabia.

Por que as garotas são assim, acham sempre que têm que ensinar alguma coisa pra gente, como se a gente tivesse nascido ontem? No fundo gosto que elas sejam assim, mas às vezes me dá nos nervos.

Chega a vez dos pratos quentes. A Paula serve uns oito grãos de arroz, três de feijão, um brócoli (ou seria um brócolis?) e um filezinho miúdo de frango. Mesmo sem fome, pego uma quantidade considerável de arroz e feijão, três filés de frango, vários brócolis e abobrinhas, purê de batata e batata frita. Acho que exagerei, mas é bom, preciso me forçar a comer.

No fim das contas, meu prato está pesando 730 gramas, o da Paula não deve ter passado de 200. Pego um refresco de acerola na máquina e a Paula, uma Coca Zero.

Carregamos nossas bandejas até a área das mesas. Chama minha atenção uma parede de tijolo de vidro fosco, por onde entra uma luz branca forte. Fico curioso para saber o que tem do outro lado. É impossível que seja uma área externa desabitada, já que a noite é escura e sem luar. Pode ser a cozinha ou um banheiro grande e triste.

Sentamos frente a frente numa mesa distante das outras pessoas, e isso repentinamente me deixa um pouco constrangido.

"Até que é boa essa comida", digo, quebrando o silêncio. Me sinto meio fresco reinaugurando a conversa desse jeito.

"Não gosto muito, mas já me acostumei", diz Paula, enquanto prepara uma garfada. Enfia um pedaço de folha e um punhado de cenoura e beterraba na boca. Mastiga bem e engole, depois dá um gole na Coca.

"Até que você dormiu bastante, hein? Eu não consigo dormir muito em ônibus. Fico tensa com esses motoristas meio malucos."

"Eu não tenho esse problema, confio nos motoristas. O que você estava ouvindo no *iPod*?"

"Thievery Corporation, conhece?"

"Não, que tipo de som é?"

"É um *lounge*, que mistura *acid jazz, dub* e outras coisas."

"Entendi. Não sou muito chegado em música eletrônica."

"Do que você gosta?"

"Sei lá, um monte de coisa."

"Tipo o quê?"

"Curto um Bob, por exemplo."

"Marley ou Dylan?"

"Marley."

"Não gosto de *reggae*, acho música de maconheiro lesado." Ela fala isso meio dando risada, não num tom nojento, embora certamente haja um fundo de sinceridade na sua piada.

Corto um pedaço de frango e levo à boca. Bem gostoso, devia ter pegado mais uns dois filés.

Continuamos comendo em silêncio. Sem permitir que meu superego, a correção política ou mais provavelmente o bom senso me censure, encaixo a Paula em um dos estereótipos que às vezes uso para entender as pessoas. Ela é o completo oposto de mim, um tipo de garota que me atrai e me apavora em igual proporção. É decidida, pragmática, vaidosa, não fica reclamando do mundo, isso nem passa pela cabeça dela. Ao mesmo tempo, não sofre de uma angústia quase inexplicável, inerente à mente artística, não questiona muito sua condição, e por isso às vezes parece meio estúpida, até preconceituosa. Por um lado, é uma pessoa desinteressante, por outro, é madura, de ação. Gostaria de ser feliz ao lado de alguém como ela, idealizo essa situação, mas sei da inviabilidade disso. Desde que conheci a Paula, há algumas horas, tenho vontade de beijá-la, de transar com ela, fantasio isso a cada momento, mas se essa possibilidade fosse real, se a Paula tomasse alguma iniciativa de trepar comigo, seja no banheiro do ônibus ou em qualquer outro lugar, acho que eu broxaria ou gozaria em dois segundos.

Às vezes gostaria de ser mais seguro com as garotas, mas penso que se fosse não seria tão maluco por elas. Tudo que é fácil na vida, de um prazer sem desafios, é meio sem graça. Tenho consciência disso e acredito nessa ideia racionalmente, mas conduzo minha vida de forma oposta; sou viciado mesmo nos prazeres fáceis, masturbatórios. Mas não me culpo, sei que faço um esforço tremendo para mudar isso. Talvez "tremendo" seja um adjetivo exagerado, mas a consciência, ou talvez alguma pressão moral, sei lá — desconfio que no fundo eu seja religioso pra burro —, me diz que eu tenho de ser diferente, para eu agir de forma contrária à que naturalmente agiria.

Acho que fico me pressionando em direção a algum tipo de amadurecimento, de superação de questionamentos tidos como adolescentes, mas no fundo não acredito nisso, acho meio despropositado amadurecer. Mas se um dia eu for forçado a isso, se eu tiver que sustentar um filho ou coisa que o valha, pode ser, aí veremos o que acontece.

Lembro subitamente de uma história do Cebolinha que li quando era bem pequeno. Era uma revistinha velha, de uma pilha na sala de espera do dentista. Havia um concurso promovido pelas Balas Bilula — no desenho, o saco plástico transparente, cheio de bolinhas coloridas, me lembrou o chiclete Bolin-bola. Quem mandasse a frase mais original sobre as Balas Bilula ganhava uma quantidade monstruosa de balas e uma bicicleta. O Cascão e o Cebolinha resolveram criar juntos a frase. O Cascão deu uma ideia, mas o Cebolinha a esnobou de cara, criando ele mesmo uma que considerou mais sofisticada. A Mônica, por sua vez, mandou a frase rejeitada do Cascão e obviamente ganhou o prêmio. Lembro que era algo como "O cachorro late, o macaco pula, eu adoro as Balas Bilula" ou coisa do tipo. No fim da história, a Mônica fica com a bicicleta, considerado o grande prêmio, e como consolo dá as balas aos garotos, que as recebem emburrados, como se fosse um presente pequeno. No último quadrinho, o Cascão e o Cebolinha sentam num mar de balas coloridas na casa de um deles, como se estivessem numa piscina de bolinhas. Fiquei indignado com a tristeza deles diante daquela situação, para mim aquela parte do prêmio era até melhor que a bicicleta.

Na minha infância, na época em que a Lisa se mudou para o prédio mas ainda não era uma amiga íntima, pensava que, se um dia eu fosse milionário, seria feliz porque teria eternamente à minha disposição alguns pequenos prazeres, como poder mascar chiclete a qualquer hora, comer no

Mc Donald's todos os dias ou ter a fita que eu quisesse de Super Nes. Não entendia como se gastava quantidades vultosas de dinheiro em coisas à toa. Reformar uma cozinha que funcionava normalmente ou comprar um guarda-roupa novo para o meu quarto pareciam investimentos inúteis, indignos de tanto trabalho e disciplina econômica. Acho que no fundo não mudei muito de lá para cá, vai saber.

"No que você está pensando?", pergunta a Paula, num tom de curiosidade ligeiramente forçado. Não existe no mundo pergunta mais invasiva do que essa. Qualquer pessoa com mínimo bom senso, e que não queira agredir o outro gratuitamente, nunca deve perguntar um troço desses, em hipótese alguma.

"Em onde moram os funcionários que trabalham no Graal", respondo, sem pensar, testando minha capacidade de improvisar mentiras sem dar bandeira.

"Provavelmente moram em Uberaba, uai!"

"É verdade... É que eu sempre acho que essas lanchonetes e postos de beira de estrada são meio isolados. Eu resisto em admitir que atrás de cada um deles exista uma cidade como outra qualquer", falo, sentindo um certo desconforto, não sabendo se estou sendo sincero ou não.

"Você é um cara esquisito." Paula fala isso de um jeito reflexivo e sério, não divertido, o que me deixa um bocado constrangido.

"E você?"

"E eu o quê?"

"No que você estava pensando quando me perguntou no que eu estava pensando?"

"Na Aninha", responde Paula, de forma seca e decidida,

como se estivesse esperando a pergunta. "Não devia ter deixado ela sozinha, estou preocupada."

Percebo que Paula está mesmo triste, e nervosa. Essa percepção faz com que eu fique nervoso também, sinto que preciso fazer ou falar alguma coisa.

"Você me dá licença, Nico, acho que vou dar uma ligada pra ela."

"Claro".

Fico aliviado com sua decisão, mas o alívio traz também uma sensação de covardia. Paula levanta e se afasta da mesa com sua calça jeans branca e seus brincos gigantes. Caminha até o canto dos suvenires e queijadinhas, que está desabitado. Parece apreensiva. Digita no celular com uma mão e carrega a carteira e a *nécessaire* na outra. Uma garota e tanto a Paula. Acho que gostaria mesmo de ser feliz ao lado de alguém como ela. Mas para isso eu não poderia ser eu, teria que ser um sujeito diferente, um homem de ação.

Ainda restam alguns legumes e um filé de frango no prato; embora eu não esteja com a menor vontade de comê-los, é uma empreitada necessária, me sinto culpado quando desperdiço comida. Brinco um pouco com os legumes, remexendo alguns com o garfo. Percebo que a abobrinha está muito mole, quase pastosa. No prato da Paula restam alguns grãos de arroz e feijão, levanto a lata de Coca e percebo que está vazia.

Como me sentindo um pouco miserável. Enquanto me esforço para acabar logo, com garfadas infantis de tão colossais, observo a Paula falando no celular e andando de um lado para o outro. Sinto que as coisas não vão bem com a Aninha e, pior do que isso, me surpreendo torcendo para que algo dramático tenha acontecido com sua gravidez. É uma torcida cujos motivos são absolutamente inconscientes, e minha consciência a condena vorazmente. Acho que às vezes sou cínico pra burro e falso até os dentes, mas quanto a isso, pelo menos neste momento, não me culpo, não há nada mais humano que a falsidade e o cinismo. A insegurança nasce do desejo insaciável de se destacar, de ser superior ao mundo. Que cretino o homem, não suporta sua condição de imprestável e fica por aí pagando de gatão, querendo ser mais do que é. Paga de solidário e amoroso, mas exala a podridão do sadismo. Essa minha tentativa de explicar a condição humana é um belo exemplo dessa cretinice desenfreada. Mas sinto mais desprezo por quem tenta remar contra essa realidade, esses publicitários, sejam eles publicitários ou não, que pregam que a chave da felicidade é sermos nós mesmos. Existe groselha maior do que essa? Se um sujeito age de alguma forma, aquele é ele mesmo. Se é inseguro, tímido, violento ou preguiçoso, esse é ele, por uma série de fatores desconhecidos; de que adianta falar para ele ser ele mesmo? Ninguém é outra pessoa senão ela própria. O ser humano, quando se relaciona com as pessoas, salvo poucas relações de amor verdadeiro, ou talvez nem isso, é um verdadeiro cretino sádico, só quer usar o outro a seu favor ou se impor a ele.

Minha cabeça volta a ficar inchada e sinto muita raiva de mim mesmo por permitir esses devaneios. Parecem impostos por algum sujeito desconhecido dentro de mim. Mas não penso desse jeito. Não sou um cara mau; pelo contrário, sou bonzinho, agregador, solidário. Volto a torcer pela Aninha. Se a Paula me disser que há algo de errado com ela, pego um ônibus agora mesmo para Ribeirão. Essa decisão, que certamente não cumprirei, me deixa mais calmo.

Vem à tona agora, das profundezas da memória, a lembrança de um baseado que fumei na casa do Rafa há alguns anos. A maconha bateu forte e eu fiquei desorientado, falando uma groselha atrás da outra. O Rafa e alguns panacas amigos nossos se mijavam de dar risada. Lá pelas tantas fui ao banheiro e fiquei parado diante da pia, olhando meu reflexo no espelho. Enquanto associava ideias a mil por hora, observava aquela expressão morta. O cabelo bagunçado e a barba rala, malfeita, revelavam absoluta falta de vaidade e cuidado comigo mesmo. Os olhos semiabertos, vermelhos como um pedaço de carne crua, pareciam perdidos, ainda que eu soubesse que eles miravam fixamente para dentro dos meus olhos. Entrei numa espécie de transe, como se estivesse observando outra pessoa. Eu perguntava a mim mesmo quem era aquele filho da puta e respondia automaticamente: eu te digo quem ele é, é um cínico covarde de merda.

Fiquei parado diante do espelho por mais alguns instantes, depois lavei o rosto, mijei sentado e voltei à sala sem lavar as mãos. Contei umas sete piadas na sequência e dei continuidade à fanfarra. Depois desse dia, episódios semelhantes voltaram a acontecer, principalmente sob o efeito do álcool ou da maconha. Olhar-se no espelho pode ser uma experiência aterrorizante e desagradável.

Terminei o jantar e me sinto feliz, uma felicidade que nasce do alívio de ter cumprido uma missão. Agora posso voltar ao aconchego de casa, sem antes pagar, escovar os dentes e mijar.

Fico tentado a comprar um queijo. São vários, empilhados sob um tecido que lembra um véu de noiva. Mas que diabos eu faria com um queijo? Se estivesse voltando para casa poderia levar de presente para a minha mãe, mas seria um bocado estranho levar um queijo de presente para a Lisa. Desisto da ideia e caminho até o caixa. Pago com cartão de débito, enquanto tento adivinhar o nome da menina que o insere na maquininha. Guardo a carteira na mochila e sigo rumo ao banheiro. No caminho percebo que perdi a Paula de vista. Imagino que ela também esteja cuidando de suas necessidades fisiológicas. Ou talvez esteja trancada numa cabine chorando, se remoendo de culpa por causa da Aninha. Essa hipótese é um bocado triste, e pensar que ela é real me deixa subitamente abalado.

Escovo os dentes sem muita disciplina, mais para recuperar o frescor da boca do que limpar os dentes e a gengiva. Para limpar os dentes de fato é preciso passar fio dental, o que geralmente faço porque é um troço prazeroso — adoro ver os restos de comida presos no fio e sentir o cheiro de podridão sendo liberado de algum lugar secreto dentro da minha boca —, mas agora estou com pressa, o ônibus pode sair a qualquer momento. Essa constatação, que não me preocupava há alguns instantes, começa a me deixar um pouco apavorado. Mas enquanto bochecho lembro que a Paula é uma garota responsável e não deixaria que o ônibus partisse sem mim. Dirijo-me ao mictório e mijo mais tranquilo. Dou a descarga enquanto penso que, quando o encadeamento das ideias fica confuso e eu tento racionalizar as emoções, é melhor tentar esquecer tudo. Mas pensar isso não ajuda em nada, só atrapalha, é como ficar lembrando que você precisa dormir quando tem insônia.

Lavo as mãos e sigo na direção do ônibus. Ao me aproximar, percebo que há três pessoas na porta e uma quarta já na escada. A última da fila, um sujeito baixinho e forte, dá um trago enorme num cigarro e prende a fumaça nos pulmões por longos segundos, como se fumasse um baseado. Chego no instante em que ele solta a enorme baforada, virando-se educadamente para cima, de forma a não incomodar ninguém. Para compensar esse cuidado, joga a bituca do cigarro no chão, como se fosse a coisa mais normal do mundo. Não sou desses militantes antitabagistas chatos, embora ache cigarro um veneno dos diabos, mas jogar bituca na rua como se fosse um troço aceitável é muita falta de sensibilidade. A porta se fecha atrás de mim com seu barulho esquisito e reconfortante, que passa uma sensação de proteção e blindagem. Ao chegar à minha fila, Paula se levanta. Enquanto passo por ela, nossos rostos ficam próximos e ela sorri. Sinto o cheiro renovado do seu perfume embriagante e sorrio de volta. Sento no meu lugar e espero o ônibus dar a ré.

9.

Já estamos na estrada e Paula continua calada, ao menos não ouve o maldito *iPod*. Penso em puxar conversa mas a preguiça fala mais alto. O silêncio já não é constrangedor e a percepção disso é um bocado agradável. Daqui a pouco conversaremos, há tempo para tudo. Fecho os olhos e tento prestar atenção nos meus sentidos. As janelas estão fechadas, em geral fico irritado com isso, gosto do vento na cara e odeio ar-condicionado. Não sei bem por que, é um troço que vai além da secura do ar, uma questão ideológica mesmo. Ar-condicionado representa algo nojento, imoral. Mas devo admitir que nesta viagem tem sido bom, o clima está fresco na medida certa, talvez um pouco fresco demais desde que anoiteceu, mas não faz um frio agressivo como lá fora.

Ainda de olhos fechados sinto o perfume da Paula, que é forte, mas eu gostaria que fosse mais forte, não só por ser agradável mas porque cheiros como esse fazem eu me sentir protegido, é como deitar em posição fetal quando se está triste. Respiro fundo mas vagarosamente para não ser indiscreto, percebo a química do perfume contaminando o pulmão, anestesiando as células. Me sinto bem à beça, gostaria que Catalão nunca chegasse. Surge uma inspiração fugaz; tenho o impulso de pegar na mochila um caderno que comprei ontem e escrever alguma coisa, mas desisto. Quero registrar nessas páginas um diário do tempo que eu passar com a Lisa, seja esse tempo um dia ou uma vida. Não sei bem o propósito dessa ideia mas sinto a necessidade de pôr no papel o que possa acontecer durante esse tempo. Estou determinado a ser disciplinado e tudo, o que pode não significar muita coisa, mas sei lá, de repente posso criar algo interessante. Não gosto muito de ler poesia, acho difícil pra diabos dar sentido à maioria dos poemas que leio, mas tenho vontade de me arriscar a escrever versos, ainda que a prosa seja mais atraente. Mesmo assim, não sei se esse diário que pretendo começar amanhã tem a ver com essa vontade. Uma vez li num conto do Bukowski que não se escolhe ser escritor, escrever é que te escolhe. Isso foi muito marcante para mim. Pode ser pura arrogância, é bem provável que seja, mas às vezes sinto que eu sou um escritor em potencial, só falta mesmo eu me propor a escrever. Na verdade, acho que não sou porcaria nenhuma, mas leio tanta coisa que é pura forma, sem entrega, que me dá vontade de tentar escrever alguma coisa. Outro dia vi um cara na TV, que acabou de publicar um livro, estufando o peito para falar do seu Moleskine, como não deixava de levá-lo a lugar nenhum. E Moleskine isso, Moleskine aquilo, como se o caderno fosse uma porcaria dum *iPod*, ou um Blackberry ou coisa que o valha. Não dá para respeitar um escritor desses, que é tão apegado à marca do seu bloco de notas. Vai ser publicitário, designer, sei lá. Aposto que ele deve adorar citar Proust, Baudelaire e não sei mais quem, se achando um puta cara culto, mas não passa de um cretino metido à besta que se preocupa horrores com a estética do seu texto vazio, sem alma, como se estivesse fazendo um arranjo de flores para um casamento ou publicando alguma groselha no *Twitter*.

O perfume da Paula perde intensidade, assim como minha suposta inspiração. Abro os olhos e viro o rosto na direção da minha vizinha, que tem os seus fechados. Não sei bem como, mas sei que ela está acordada; parece confiante, toda cheia de si. Nos meus devaneios tento adivinhar se Paula torce para algum time, mas desconfio que não. Adoraria que ela torcesse para o Goiás ou para o clube local de Catalão, que deve disputar a segunda ou terceira divisão goiana. Em geral tenho bode das pessoas que não gostam de futebol, principalmente as esnobes, que acham fútil e descabido dedicar tanto tempo a algo sem importância. Eu gosto bastante, mas quando era moleque era mais fanático, ia muito ao Parque Antártica com meu pai, mesmo que ele não curtisse a multidão do estádio. Quando fiquei mais velho, passei a ir com o Rafa e uns amigos dele do prédio. Era bem divertido: tomávamos cerveja, comíamos pernil e falávamos besteira até ficar sem graça. Mas faz tempo que não vou; hoje em dia, além de raramente bater uma bola com o pessoal da USP, minha relação com o futebol se resume à TV, aos jornais e às conversas de boteco. A verdade é que cansei um pouco do Palmeiras de uns tempos para cá, mas como não se pode mudar de time continuo palmeirense, mesmo sem o fanatismo de outros tempos. O lance é que passei a associar o Palmeiras a alguns idiotas que via no clube e às vezes no estádio, jovens e velhos que compõem uma elite burra e preconceituosa, que só ficam reclamando do governo e do trânsito, mas adoram falar ao celular enquanto dirigem seus Range Rovers ou carros tamanho gigante quaisquer. Esses babacas se recusam a pegar um ônibus ou metrô, afinal, "transporte público só é bom na Europa", acham o máximo o Tedx, mas consideram os sem-terra um bando de arruaceiros oportunistas. Bando de cretinos. No fundo querem que o Brasil continue sendo um país injusto, que seus benefícios sejam mantidos, e querem continuar falando mal do presidente e reclamando de tudo. São Paulo é sem dúvida o antro desses caras, e há algum tempo minha raiva por eles passou a contaminar minha paixão pelo Palmeiras. Sei que não tem nada a ver, que isso é uma tremenda idiotice minha, só uma pequena parte da torcida é representada por esses panacas. De qualquer forma, só com o tempo esse ranço vai passar. Quem sabe um dia eu volte a frequentar o estádio, talvez quando eu tiver um filho. Mas acho que não. Se um dia eu tiver um filho não quero nem pensar na ideia de morar em São Paulo.

Outro dia, no auge da insônia, comecei a elucubrar sobre as regras do futebol. Sempre duvidei da justiça dos três pontos atribuídos ao vencedor. Quando eu era pequeno, a vitória valia dois pontos e o empate, um. Essa regra me parece mais justa; empatar dois jogos, objetivamente, vale tanto quanto ganhar um e perder outro. O argumento que justifica a mudança é que os três pontos servem de incentivo para o time buscar sempre a vitória e não se contentar com o empate. Eu discordo dessa ideia, acho perfeitamente cabível um time jogar pelo empate. Sou contrário à opinião geral de que futebol ousado é o ofensivo, que busca o gol a todo instante. Sou fã de uma retranca bem montada, que só ataca em contra-ataques velozes e não prima pela posse de bola. É uma opção de jogo legítima, leal, longe de ser covarde; muitas vezes é a forma de um time menos técnico bater uma equipe cheia de estrelas, e é sempre mais digno torcer pelo mais fraco. Além disso, a maioria das vitórias não acontece porque um time optou por ser mais ofensivo, mas porque é melhor mesmo que o outro ou por circunstâncias do acaso. Mas tudo bem, ninguém precisa pensar como eu, se querem dar um ponto a mais ao vencedor, vá lá, agora, o que é totalmente despropositado é o número de vitórias ser o primeiro critério de desempate. Além de favorecer o vencedor com os três pontos, o regulamento valoriza ainda mais a vitória ao invés de favorecer o time que ganhou menos, e assim amenizar o benefício do ponto extra. Acho que não consigo explicar isso com clareza, mas tenho convicção dessa ideia, e essa convicção traz consigo confiança e rebeldia, o que eleva minimamente minha autoestima. De novo penso que autoestima e felicidade são a mesma coisa, e de novo tenho dúvida sobre a importância de se ser feliz. Para ser sincero, sinto agora que felicidade é um troço bastante cretino. Desconfio que o importante é se manter vivo, o resto é consequência. Já não sei o que penso, e minha cabeça volta a inchar.

Mas retomando: nessa mesma noite, mais acordado do que nunca, outra questão pontual do jogo passou a me atormentar, e mais uma vez a convicção do meu ponto de vista me encheu de confiança, e me enche ainda agora que lembro do assunto: o avanço do goleiro no pênalti. Se eu fosse o juiz, mandaria voltar a cobrança se o goleiro avançasse um milímetro que fosse antes do atacante bater. Afinal de contas, o papel do árbitro é cumprir a regra, e a regra é objetiva. Não cabe a ele mudá-la pelo que considera uma questão de bom senso. A subjetividade do juiz só dá margem a injustiças e serve para camuflar más intenções. Se todos os árbitros cumprirem a regra e a coisa não funcionar, que mudem a regra! Não é papel do juiz adaptá-la como bem entender. Tenho raiva dos comentaristas que falam em "critério da arbitragem". O juiz não tem que ter critério, seu critério é a regra, só assim pode haver justiça. É claro que alguns lances são mais difíceis; no caso de um contato físico, por exemplo, não existe objetividade para definir se foi falta ou não, mas na maioria dos casos é perfeitamente possível simplesmente cumprir a porcaria da regra.

Mas, para que não haja engano, não culpo os árbitros. Aliás, que profissão ingrata essa! Por que diabos o jogador tem o direito de reclamar, ofender e até humilhar o sujeito que está lá trabalhando e errando como ele? É uma relação de exploração absolutamente revoltante.

Outra coisa que me irrita na questão da arbitragem, e que me surgiu também nessa noite, é a recomendação geral da Fifa: "Na dúvida, deixa seguir". Por que diabos deixa seguir? Eu digo: na dúvida, dê o que acha que foi. Você pode não ter certeza mas dificilmente é uma questão 50-50. Siga sua intuição, mesmo que tenha dúvida. Por que sempre o ataque deve ser favorecido?

Nem preciso dizer que fiquei horas na cama sem pegar no sono. Só a lembrança dessas ideias já me deixa excitado pra burro. Às vezes acho que eu deveria ser advogado. Gosto de pensar argumentos objetivos para assuntos que pedem esse tipo de análise, e não raro essas reflexões acabam por despertar questões diversas, existenciais até. Mas é claro que isso é descabido, sem dúvida eu seria o pior advogado do mundo. Qualquer argumento contrário ao meu, dito em tom de voz um pouco mais firme, me deixaria completamente abalado e impotente. Provavelmente iria para casa me sentindo péssimo e ficaria remoendo durante dias aquele episódio desimportante, me culpando até os dentes, morrendo de medo do rolo compressor.

"Você está dormindo?", pergunto, de forma alucinada e um pouco agressiva.

"Não... Ainda bem, senão você teria me acordado", responde Paula, num tom bem-humorado. Ela olha para mim e sorri.

"Aquela hora você falou com a Aninha?"

"Falei... Ela resolveu que vai ter o filho! E até já falou com o Dimas!" Paula está radiante.

"Quem é Dimas?"

"O namorado dela."

"Ah, é. E como ele reagiu?"

"Superbem! Adorou a ideia, ficou superempolgado. A Aninha estava tão feliz que até chorou no telefone."

"Que bom!"

"Nossa, Nico, você nem imagina o quanto eu estou aliviada. Essas últimas semanas foram barra-pesada lá em casa."

"Que ótimo! Agora as coisas vão melhorar."

"Vão sim, e muito! Estava pensando seriamente em pegar um ônibus de volta pra Ribeirão amanhã. Agora vou poder curtir uns dias em casa com a família."

"Legal, Paula", respondo, fingindo estar contente. Por algum motivo egoísta, me sinto um pouco frustrado.

"O que tem para se fazer em Catalão?" Assim que faço a pergunta me arrependo, achando uma tremenda falta de sensibilidade mudar de assunto de forma tão repentina.

"Um monte de coisas, seu bobo." Paula ficou mais irritada com meu desdém em relação à sua cidade do que com o abandono do assunto "Aninha".

"Como o quê, por exemplo?"

"Pra começar, tenho um monte de amigos lá. A maioria já não mora em Catalão, mas nos feriados muitos voltam. A gente sempre agita um churrasco ou pizza na casa de alguém."

Começo a sentir um pouco de inveja da vida da Paula.

"A gente vai muito nos jogos do Crac, e sempre tem esquenta na casa de um ou num bar perto do estádio."

Que incrível, então ela gosta de futebol! E torce pro time local! E foi ela quem tocou no assunto. Algumas coincidências são um bocado estranhas.

"Nossa, o Crac é de Catalão? Que legal! Eu lembro de ouvir falar desse time, acho que numa Copa do Brasil."

"É, meu bem, no ano passado ficamos em quinto na Série C, quase subimos."

"Gostei que você gosta de futebol, eu sou palmeirense roxo."

"Ah é? Que fase a de vocês, hein? Depois do título paulista eu esperava mais no Brasileirão. Se o Palmeiras jogasse contra o Crac era capaz de vocês perderem, igual perderam do Asa aquela vez."

Nossa, ela acompanha mesmo. E que belo nome para um time: Crac!

"Pois é, a coisa tá feia... Mas não precisamos falar do meu time. Eu adoraria ir num jogo do Crac, nem que não fosse contra o Palmeiras."

"A gente tem que combinar, ué", responde Paula, um pouco envergonhada. Meu comentário despertou a incômoda dúvida se manteremos contato depois que ela descer em Catalão. Gostamos da companhia um do outro, mas acabamos de nos conhecer, de certa forma ainda somos estranhos, apenas pessoas que sentam lado a lado num ônibus de viagem. A espontaneidade e a leveza da conversa foram minadas, sinto que é necessário mudar de assunto novamente.

"Vamos sim. E seus pais, o que fazem em Catalão?"

"Minha mãe é professora, mas hoje em dia só cuida de casa. Meu pai é médico pediatra."

"Legal. E suas irmãs, o que fazem?"

"A Ju, que é a mais velha, é dentista, e a Leca se formou em administração no fim do ano passado."

"Você é a caçula?"

"Sou. As duas já casaram e moram em Uberlândia. A Ju tem um filhinho, o Théo, a coisa mais fofa! A Leca está grávida de cinco meses."

"Caramba. E você, tem vontade de casar?"

"Claro, ué! Assim que eu me formar na residência! Eu e o Quico já combinamos, ano que vem a gente fica noivo."

"Vocês combinaram que vão ficar noivos?"

"É, meu filho, eu já tenho 23 anos, o tempo passa!"

De repente passo a gostar menos da Paula. E começo a me sentir culpado também.

"E você, tem namorada?" A palavra namorada é dita em *fade out*. O último "a" é quase inaudível. Acho que ela considerou a possibilidade de eu ser gay e ficou constrangida em falar "namoradA".

"Não, estou sozinho."

"Essa garota que você está indo encontrar é apenas uma amiga?"

"É, é só uma amiga." Me sinto péssimo tendo que me referir à Lisa dessa forma, "só uma amiga".

"E você, pensa em fazer ortopedia como seu namorado?"

"Não, vou fazer pediatria, igual meu pai."

Passam-se alguns segundos de silêncio.

"Na época ele fez porque faltavam pediatras em Catalão e ele podia conseguir uma boa clientela."

Acho um bocado estranho alguém trabalhar com crianças por uma questão de oportunidade de mercado, mas obviamente não divido isso com a Paula. Até porque, quem sou eu para achar qualquer coisa em relação a dinheiro e responsabilidades.

"E você, também vai prestar porque tem poucos pediatras em Catalão?"

"Não, nem quero morar em Catalão. Quero ficar em Ribeirão ou ir pra São Paulo."

"Então é pra seguir os passos do seu pai? Ou porque gosta de criança mesmo?"

"Eu gosto de criança, mas não tem muito a ver com seguir os passos do meu pai. Mas até tem a ver com meu pai, de certa forma."

"Como assim?"

"É que durante a adolescência sempre ouvi ele reclamando como a relação entre médico e paciente estava mudando. No tempo dele, os médicos eram mais próximos da família, conheciam bem os pacientes, acompanhavam eles durante um bom tempo. Hoje em dia, com os convênios e tudo, os médicos querem mais é se livrar logo do paciente para atender um número maior de consultas. O médico nem sabe mais quem é quem, como se o consultório fosse um posto de gasolina."

"Interessante, nunca tinha pensado a respeito disso. Mas o que isso tem a ver com sua decisão de fazer pediatria?"

"É que eu acho isso mais grave no caso da pediatria. As crianças não podem ser tratadas desse jeito horrível. Então quero tentar mudar isso de algum jeito."

De repente volto a gostar da Paula. Se eu tivesse um filho, levaria no seu consultório antes mesmo de ela se formar.

"Legal! Quando eu tiver um filho vou levar no seu consultório."

Paula sorri. Dessa vez a previsão de um encontro futuro, talvez por se tratar de uma hipótese mais abstrata, não traz constrangimento como quando falei que queria ir a um jogo do Crac.

"Se eu não escolhesse pediatria faria geriatria. Os velhinhos também não merecem ser tratados como carros."

"É, concordo. Tenho dó dos velhinhos. Em geral as pessoas se preocupam mais com as crianças."

"Exatamente. O problema é que eu não seria uma boa geriatra. Não sei lidar direito com os velhinhos. Simpatizo muito com eles mas não consigo ser espontânea. Acho muito triste a velhice, não conseguiria encarar isso no dia a dia."

Mais uma vez a imagem que faço da Paula muda radicalmente. Que garota interessante! Sou um panaca preconceituoso, que tem medo de conhecer as pessoas e ficar intimidado diante delas.

"Pra mim, você sabe bem o que quer. Você vai ser uma grande médica, a faculdade é um detalhe que o tempo vai resolver."

Paula sorri um sorriso de gratidão e compaixão.

"Valeu, Nico. E você também será um grande engenheiro."

"Hum, quanto a isso tenho minhas dúvidas."

"Vai, sim." Ela sorri novamente, esbanjando ternura. Se ela soubesse...

Depois de um longo e silencioso bocejo, minha amiga se ajeita na sua cadeira, apoiando o lado esquerdo do rosto na saliência do encosto. Seu olhar se perde na noite escura lá fora e denuncia um cansaço tranquilo. Talvez ela esteja forçando essa expressão para que eu entenda que ela quer ficar na dela, em silêncio. Ou talvez eu seja um maluco prepotente, que acha que todo mundo é dissimulado e planeja cada gesto ou expressão com segundas intenções. O fato é que a conversa minguou mesmo. Os olhos da Paula estão quase fechados. Gostaria de oferecer o ombro para ela se apoiar, mas isso seria um bocado estranho.

Agora tenho vontade de contar a ela que larguei a Poli, que nunca mais piso lá ; falaria da minha história com a Lisa, sobre o momento maluco que ela vivia há mais de dois anos quando a vi pela última vez. Algumas pessoas diziam que ela conversava com pedras. É bem possível que conversasse mesmo, mas isso é assunto dela. Conhecendo a Lisa, e tentando entender o incontrolável furacão que a devastava naquela época, acho bem bonita essa história das pedras e dos florais. As pessoas julgam os outros segundo suas próprias vidas mesquinhas, isso é de uma falta de sensibilidade sem tamanho, ainda mais porque muitas não são acometidas por depressões terríveis, e não entendem porcaria nenhuma que não siga uma lógica de causa e consequência.

Ouço um choro desesperado de criança. Acho que vem lá da frente, mas é difícil saber com certeza; é tão estridente que se tornou onipresente, parece vir de todos os lados. Estico o pescoço por sobre a Paula, que parece ter caído no sono, e espio o Catatau, que também dorme. Sua mãe está de olhos abertos mas inerte, parece triste e preocupada ao mesmo tempo. É uma mulher bonita pacas.

O choro é interrompido. A maioria das pessoas dorme e ninguém parece ter se incomodado com o barulho. A criança ainda emite resquícios de ruídos manhosos, como se tentasse camuflar a vergonha que sente pelo berreiro desnecessário que aprontou. Essa interpretação é bastante descabida, e fico grato por me dar conta disso tão rapidamente. Crianças são o maior barato, não podemos julgá-las com nosso olhar corrompido. Às vezes, nos momentos em que fico mais descrente e chateado, vou dar uma volta na praça em frente ao meu prédio. Fico lá observando as crianças, suas brincadeiras e falas divertidas, é um troço muito bonito, me deixa bastante emocionado. Volto pra casa me sentindo mais leve, mas ainda triste, fico pensando na Lisa e tentando entender o significado da nossa relação.

Certa vez eu andava na rua com a Julia e a Marcinha, uma amiga nossa do cursinho, e passamos por uma professora seguida por uma fila de crianças miudinhas, todas de mãos dadas e vestidas com o uniforme azul-claro da escolinha. Eram muito divertidas: riam, falavam e cantavam, sem nunca soltar a mão dos coleguinhas da frente e de trás. Bem no meio da fila, havia uma garotinha com trancinhas presas por elásticos coloridos que não parava de rir sozinha enquanto observava tudo a sua volta. Parecia imersa numa espécie de transe, em que se concentrava e se divertia na mesma medida. A Julia, que ainda não era minha namorada, pareceu não dar tanta atenção às crianças. Penso que, se ela não estivesse lá, poderíamos, eu e a Marcinha, segui-las discretamente sem ser notados durante algum tempo, de tão fascinados que ficamos. Mas depois que as crianças passaram rumamos para o cinema.

A Julia não se importava mesmo com crianças. Uma vez, já perto do vestibular, ela disse que tinha saudade de quando era pequena porque não tinha com o que se preocupar: a vida era brincar, comer e dormir. É curioso isso, como as pessoas idealizam outras épocas da vida, como se aos cinco anos de idade tivessem a consciência de um adulto e pudessem simplesmente curtir uma vida mansa. Eu tenho outro tipo de lembrança da infância, de momentos de intenso sofrimento. Era comum eu me sentir ameaçado na escola. Quando passei para a segunda série e mudei para a unidade da escola que abrigava da segunda à oitava, fiquei completamente apavorado por ser um dos mais novos. Pensava que os alunos dos anos acima eram monstros cínicos e maus, que me torturariam diariamente. Passei as férias de verão inteiras morrendo de medo, mas não queria demonstrar isso a ninguém, expor meu medo só me tornaria mais vulnerável. A Lisa só se mudaria para o prédio no ano seguinte, mas mesmo se já fôssemos amigos, acho que teria vergonha de falar para ela a respeito desse pavor. Assim foi alguns anos mais tarde, quando tive a primeira crise persecutória mais intensa de que tenho lembrança. Eu tinha uns treze anos mais ou menos. Voltei do colégio de ônibus, desci no ponto costumeiro e fui andando para casa. A duas esquinas de chegar no prédio, passei por um grupo de moleques mais ou menos da minha idade, que sentavam na mureta de uma casa. Alguns deles estavam sem camisa e vestiam bermudas de surf e bonés de marcas caras. Quando me dei conta da presença deles já estava muito próximo e senti tremerem as pernas. Foi então que um deles, meio metido a malandro, gritou: "Ei, boy!". Outro emendou: "Sai andando aí, otário, nem olha pra trás!". Depois começaram a me xingar e gritar coisas sem sentido. Eu segui andando rápido até meu prédio, sem pensar muito, o coração a mil por hora. Quando entrei no elevador percebi que a tremedeira tinha subido para o corpo e eu estava completamente apavorado. A Marlene me chamou para o almoço mas eu quase não consegui comer. Sentia mesmo que minha vida iria acabar, que estava tudo perdido, cedo ou tarde aqueles caras iriam me encher de porrada e nunca mais me deixariam em paz. A Lisa interfonou para subirmos à caixa d'água, mas eu disse que não estava me sentindo bem. Ela perguntou se eu queria que ela descesse, mas eu disse que não, que só queria dormir um pouco. Então fiquei a tarde inteira no quarto, sofrendo pra diabos, imaginando as piores coisas. Naquele momento o que eu mais queria era que o mundo acabasse, seria a única forma de me sentir livre. Depois comecei a pensar saídas mais práticas, como possibilidades de me mudar para outras cidades, outros países até, onde aqueles moleques não pudessem me encontrar. Ficava excitado com a ideia, mas logo me frustrava porque pensava que teria que voltar em algum momento a São Paulo, para passar férias ou coisa que o valha, e eles estariam ali, na mesma esquina, prontos para me torturar com seus jogos cruéis ou até me linchar mesmo. Quando meus pais chegaram em casa no fim do dia me senti tomado por um sentimento transbordante de amor e ternura. Tive vontade de chorar mas segurei as lágrimas, nem se passou pela minha cabeça comentar com eles sobre o que tinha acontecido. Se alguém soubesse o medo que eu sentia e as alucinações que me aterrorizavam, nem que fossem meus pais, meus inabaláveis protetores, eu estaria morto. Minha fragilidade seria exposta e eu seria massacrado, viraria a chacota do colégio e do bairro, seria uma aberração circense. Então mantive a história cozinhando na minha cabeça. À noite tive pesadelos terríveis, e quando acordei e lembrei de tudo, o mundo desabou, só pensava em morrer.

Assim passaram-se os dois ou três meses seguintes. Boa parte do tempo eu era tomado por terríveis crises de pânico. Em alguns momentos ficava melancólico, mas era uma melancolia pessimista, paranoica, nada romântica. Às vezes, em raras ocasiões, geralmente no começo da noite, quando meus pais chegavam em casa, eu sentia uma alegria intensa, uma explosão de amor e de vida. Nessas horas gostava de falar sem parar: contava como havia sido meu dia, comentava alguma notícia em evidência ou perguntava à minha mãe como estavam meus avós.

Continuei voltando da escola de ônibus, mas evitava passar por aquela esquina, que se tornou um lugar proibido para mim. A partir do dia seguinte em que fui abordado, retomei as idas à caixa d'água com a Lisa. Mesmo que a gente não conversasse sobre o momento turbulento que eu vivia, estar com ela era muito bom, fazia com que eu esquecesse a terrível e implacável perseguição que inventei para mim mesmo. O pior momento do dia era quando descia da caixa d'água ou voltava do cinema com a Lisa e ficava em casa sozinho — a Marlene ia embora às cinco — até meus pais chegarem. Me sentia solitário pra burro e muito vulnerável, era a hora mais propícia às alucinações e produções mentais.

Lembro que nessa época, antes dessa vivência alucinada, eu tinha medo de envelhecer, achava que quando chegasse aos quarenta ou cinquenta entraria em desespero porque a vida estaria se aproximando do fim. Mas durante a crise morria de inveja dos meus pais, da idade deles. Eles não estavam sujeitos a situações como aquelas, os adultos eram civilizados, não se torturavam ou se enchiam de porrada, viviam uma vida mediana e sem graça, e aquela ausência de emoções intensas era o que eu mais desejava.

Com o tempo a loucura começou a se esvair. Me dei conta de que nunca mais veria aqueles babacas, e se visse provavelmente eles nem se lembrariam da minha cara. Voltei a passar pela fatídica esquina sem medo algum e todo aquele pesadelo foi ficando para trás. Mas foi nessa época que me dei conta do poder da mente, da minha incapacidade de controlá-la. Embora não admitisse, no fundo eu sabia que crises como aquela voltariam a me torturar.

O ônibus faz uma curva fechada. Olho pela janela e percebo que estamos entrando numa rodoviária. As vagas estão quase todas vazias e o breu toma conta do caminho que percorremos até chegar à plataforma. As luzes brancas da estação ao fundo, que se aproximam com regularidade, completam o cenário melancólico. O barulho aéreo do freio é a trilha sonora perfeita, a cereja do bolo.

Paula senta numa posição esquisita ao meu lado, disciplinadamente ereta, como se alguém tivesse vomitado no encosto do seu assento mas ela fosse obrigada a permanecer sentada. Seu olhar, ao mesmo tempo determinado e perdido, revela um mau humor impaciente, alimentado pela interrupção do sono.

"Chegamos em Uberlândia", diz ela, com uma voz carregada de raiva. Num movimento brusco encosta novamente e relaxa. Junto coragem e faço a pergunta que não quer calar.

"A gente não desce aqui?"

"Não, aqui descem só os que vão ficar aqui mesmo. Alguns sobem também", ela responde, num tom mais animado. A entonação levemente professoral deixa transparecer algum orgulho pelo localismo. "Fica tranquilo, Nico, daqui a pouco a gente já tá na estrada de novo."

Apoiando as mãos no banco e sentando sobre a perna direita dobrada, me levanto um pouco e dou uma olhada panorâmica pelo ônibus. Alguns continuam dormindo, outros estão irritados ou confusos, um ou outro pega a mala de mão porque chegou ao seu destino, mas todos que seguirão viagem parecem saber que devem permanecer no ônibus, nem foi necessário o aviso do motorista. Imagino que alguns passageiros, como é o caso da Paula, já conheçam bem esse trajeto, mas a maioria simplesmente não tem energia ou motivação para mais uma parada, ainda mais a essa hora e nesse frio. É o meu caso. Desdobro a perna e volto a me apoiar confortavelmente no encosto. Fico aliviado por não ter que descer aqui. Inclino a cabeça em direção ao vidro gelado e observo a movimentação além da plataforma. A visão periférica registra a entrada e acomodação de alguns passageiros novos, mas minha atenção se fixa mesmo na rodoviária de Uberlândia. É um lugar bastante esquisito, que me lembra algum outro em que já estive. Muita gente se movimenta ou espera. Toda a estação é suspensa e ligada à plataforma por uma escada que não consigo ver direito. Alguns velhos ficam no limite da parte suspensa, como se estivessem debruçados numa varanda, observando as pessoas e os ônibus que chegam e partem. É uma visão um bocado triste. Fico pensando se eles estão aqui por algum motivo específico ou se vêm à rodoviária só para se distrair. Mais ao fundo do andar suspenso há uma série de lojinhas típicas de rodoviária, todas fechadas com grades. Perto da escada, bem no limite da minha visão, um relógio digital com números vermelhos, brilhantes e chamativos indica a hora. 22:49. De repente me dou conta de que há muito tempo não penso sobre as horas e acho isso curioso. Como todo mundo, estou sempre querendo saber que horas são. Nunca usei relógio, pulseira ou qualquer acessório no braço ou no pescoço, mas consulto sempre o celular quando quero me situar no tempo. Penso que antes dessa coisa de celular devia ser mais legal ter que perguntar a hora para alguém, mas não me lembro muito se tinha esse hábito. Acho que simplesmente ficava sem saber as horas.

De repente lembro que as irmãs da Paula moram aqui em Uberlândia, e que ela própria gosta da cidade, e acho curioso que ela não tenha comentado ou ficado animada pelo fato de estarmos aqui. Resolvo não falar nada, acho que ela está cansada.

O motorista liga o ônibus, e algumas luzes, as mais fortes, são apagadas. Olho para a Paula, que continua acordada e pensativa.

"Quanto tempo demora daqui a Catalão?", pergunto, sem saber muito por quê.

"Uma hora, mais ou menos, por quê?"

"Sei lá, só pra saber."

Voltamos à estrada e rapidamente o ônibus retoma seu movimento uniforme, cuja inércia contamina os passageiros novos — os velhos já estavam inertes, não foram afetados pela parada. Paula logo se apoia sobre a aba direita do encosto, deixando claro para mim que não quer conversar. É como se de repente eu tivesse deixado de ser seu amigo e passado a ser um passageiro qualquer, que por acaso está sentado ao seu lado. Me sinto um bocado obsessivo e chato pensando desse jeito. A garota só está com sono e quer dormir um pouco, oras bolas. Além do mais, não é como se fôssemos grandes amigos e estivéssemos juntos, na mesma empreitada. Eu sou muito mais esse passageiro qualquer do que seu amigo. A Paula é uma pessoa normal, madura, e eu sou um lunático pentelho, essa é a verdade.

Sento na mesma posição que ela, como se estivéssemos "sentados de conchinha" mas separados por um apoio de braço. Observo sua nuca branca e delicada, totalmente à vista, pois seu cabelo, excessivamente liso e desembaraçado, está preso por um palito japonês num competente e bonito nó de marinheiro. Sinto um impulso voraz de me aproximar e começar a beijá-la sem pressa. Um tipo de beijo em que os lábios encostam na pele sem susto, num *fade* lento, protetor, e depois de alguns instantes de contato se afastam também em *fade*, permitindo no fim do movimento que a língua encoste suavemente na pele, provando a textura macia e o gosto misto da Paula e de seu perfume inebriante e provocando nela um arrepio gostoso e excitante. Cuidadosamente, então, avançaria na direção de seu pescoço, por sobre seu magro porém firme ombro esquerdo, e a beijaria de novo, mais confiante, e dessa vez, além do contato da língua no movimento de recuo, roçaria levemente o rosto entre o ombro e o pescoço. O próximo passo, no momento do terceiro beijo, seria apoiar a mão em seu ombro direito e alternar, com cuidado para não ser brusco nas transições, carinhos leves e pequenos movimentos de massagem, pressionando os dedos em pontos sensíveis do ombro e das costas. Só então ela reagiria e viraria na minha direção. Nossos rostos já estariam bem próximos, e o beijo seguinte seria um de canto de boca, antes que nossos lábios se entendessem plenamente e permitissem sem pressa que nossas línguas se entendessem também. Nesse momento, minha mão esquerda seguraria delicadamente sua cabeça, acariciando-a de leve, numa espécie de carinho complementar ao beijo. Este, por sua vez, seria o ator principal, daria a medida certa da importância que pode ter um ou dois minutos, e não deixaria dúvidas de que, sob o ponto de vista temporal, a vida é uma coleção de lembranças. Seria o fim do mundo. Dali pra frente haveria momentos de prazer, de felicidade e de tristeza, mas a vida teria acabado mesmo com o fim daquele beijo.

Minha cabeça está novamente inchada e mais uma vez me sinto miserável. Será que o amor é mesmo consumável ou só existe se idealizado? Será que o que havia entre mim e a Julia era amor? Desconfio que não. Penso que, se o amor existir de fato, é passageiro, fugaz, o que no fundo significa que ele não existe, é só uma fantasia, como o barato de um baseado perna de grilo qualquer, que nos faz acreditar que somos criativos até os dentes. Minha conclusão, que parece consistente e imutável, me traz algum alívio, tira um peso das costas: não sou um sujeito desajustado, apenas tenho cons-ciência de que o amor não existe. Porém, logo surge a imagem da Lisa na tela de projeção da minha mente, granulada e em alta rotação, como nos filmes antigos que reluto em assistir, e volto a ficar em dúvida sobre que diabos é o amor.

Volto a ficar tomado por um pavor passageiro, que surge como uma pontada. Se existir a possibilidade de se consumar o amor, saberei amanhã bem cedinho. Deveria tentar dormir e me preparar para isso, mas não estou com o mínimo sono.

10.

Lembro das partidas de buraco que jogava com a Lisa na caixa d'água. No começo, jogávamos sem precisar ter canastra limpa para bater e valendo todo tipo de lavadeira. Mas logo tivemos que mudar as regras, porque, nesses moldes, sugeridos por mim e aceitos sem muita reflexão pela Lisa, eu sempre ganhava. A verdade é que as regras facilitavam meu estilo de jogo, que consistia em bater o mais rápido possível, com jogos imundos, como dois, dois, três, ou três, três, coringa, e alguma canastra suja sem-vergonha que eu conseguia fazer assim que pegava o morto. A Lisa gostava de segurar as cartas e comprar a mesa, tentando fazer canastras limpas e jogos novos. Na maioria das vezes eu batia e ela não tinha baixado um jogo sequer e segurava metade do baralho em seu leque. Os placares das partidas costumavam ser 300 a –350 ou coisa do tipo. Mesmo assim a Lisa se recusava a mudar seu jeito de jogar e me chamava de porco-rato por meu estilo impiedoso. Mas depois de um tempo acabamos mudando as regras: passaram a valer só trincas de ás e era obrigatória uma canastra limpa para bater, o que ajudou a equilibrar um pouco as coisas, mas ainda assim eu ganhava mais do que perdia. Nesse novo contexto, à medida que ela percebia que eu teria dificuldade para fazer a canastra limpa, se sentia ainda mais confiante para acumular cartas e acabava por dominar o baralho inteiro e se perder na imensidão de seus jogos. Ela nem conseguia mais organizar as cartas no leque e as dividia em montinhos, aos quais consultava antes de cada jogada. Isso seria irritante se feito por qualquer outra pessoa, mas como era a Lisa eu achava o máximo e não tinha pressa nenhuma para que ela descartasse. Como disse, eu ainda ganhava a maioria dos jogos, mas por vantagens menores, pois raramente seu saldo era negativo, e quando ela ganhava eram lavadas homéricas, do tipo 1.200 a 350. Ela até ganhava algumas séries, o que me deixava puto e feliz. Ao mesmo tempo que eu gostava de provar a mim mesmo a eficiência da minha técnica, ela ficava realmente contente quando ganhava, e me tirava de um jeito que mexia comigo.

Costumávamos jogar com o som ligado. As músicas que ouvíamos no micro system da Aiwa são as que ouço até hoje. Há tempos que não me interesso por bandas novas. Não é uma questão de saudosismo nem nada, também não tem a ver com o fato de às vezes, mesmo sabendo estar errado, eu achar música um troço meio canalha e metido a besta. O fato é que, desde que começou essa coisa de *iPod*, mp3, essa onda de ter duzentos gigas de música no HD e baixar num sei que disco raro no blog X, fiquei com preguiça do negócio todo. Eu gostava de ir na loja comprar CD, garimpar umas promoções nas Lojas Americanas, ganhar um vale CD e trocar por um disco que eu não conhecia muito sem a culpa de estar gastando dinheiro numa porcaria, esse tipo de coisa. Com fotografia é a mesma coisa. Quando eu era criança, e ainda nas primeiras viagens que fiz com a Julia, achava legal usar minha câmera de filme, sem nenhum tipo de sofisticação – nem flash tinha, só zoom. Como os filmes e as revelações eram caros, era necessário ser seletivo na hora de tirar as chapas, o que não significava ter que ser cuidadoso. Adorava tirar umas fotos esquisitas, que eu intuía que ficariam geniais, e ficava muito frustrado quando, ainda no balcão do laboratório, via que tinham ficado horríveis. Por outro lado, às vezes algumas fotos para as quais eu não dava nada ficavam ótimas. Numa viagem que fizemos para a Ilha do Cardoso, o Rafa levou um filme de slide, que depois revelamos como se fosse negativo, e as fotos ficaram com cores bizarras mas muito legais. Eu gostava de mostrar os álbuns e depois guardá-los na gaveta da escrivaninha e, de tempos em tempos pegá-los para olhar de novo. Com as câmeras digitais meu tesão pela fotografia evaporou. Todo mundo tira duzentas fotos de tudo, não precisa nem ser uma ocasião legal como uma viagem. O sujeito vai escovar os dentes e tira umas dez fotos dele mesmo através do espelho. O pior de tudo é que as boas fotos perderam a graça. Com as câmeras digitais qualquer foto pode ser boa. Primeiro porque você pode tirar quinhentas fotos até que uma fique satisfatória. Depois você ainda pode reenquadrar a imagem, alterar a cor, luz, contraste etc. Sou totalmente a favor de todo mundo ter acesso a tudo, mas desconfio que a tecnologia traz mais coisas ruins do que boas.

Só espero que não tentem estragar a literatura, mas logo mais vão encontrar alguma forma de fazer isso também. Agora lançaram o Kindle, que já virou moda. O pior é que conheço meia dúzia de caras da Poli que nunca leram um livro e foram os primeiros a comprar o aparelho. Mas no fim das contas ninguém vai ler nada, no máximo a biografia do Steve Jobs, do John Lennon ou algum livro do Chico Buarque ou do Nelson Motta.

Gosto muito de ler, e dedico boa parte do meu tempo aos livros, principalmente depois que entrei na Poli e minha vida foi ficando gradualmente mais miserável. Mas se tem um troço para o qual eu não tenho paciência são as biografias. Não há nada mais picareta e raso do que contar a vida de um sujeito por meio de um livro, principalmente se escrito por um cara que nem conheceu o biografado e escreveu apenas baseado em pesquisas e conversas com pessoas supostamente próximas a ele. A coisa mais difícil do mundo é conhecer alguém, talvez isso nem seja possível em algum nível satisfatório, e não é lendo um livro não ficcional sobre a pessoa que vai se conhecer qualquer coisa significativa sobre sua vida. Se for uma autobiografia a situação melhora um pouco, mas nesse caso é necessário que o autor seja muito corajoso. Nada incomoda mais uma pessoa que tentar conhecer aspectos obscuros sobre si mesma, e é evidente que a maioria dos autobiógrafos não vai se propor a isso. A maioria só vai querer exaltar sua vida superbem-vivida e espetacular. Por outro lado, se o cara se propuser a detonar a caixa-preta, é bem capaz que o livro seja bem interessante, mas sei lá...

Eu conheço muito mais a respeito dos autores lendo suas obras de ficção, principalmente as necessárias. Não para o leitor, mas para o escritor mesmo; as obras que nascem de uma angústia fundamental e incompreensível. Só dessa forma é possível tomar contato com alguma coisa sufocante, e esse contato pode ser significativo também ao leitor, pois pode gerar mudanças na sua própria vida, se bem que isso é questionável. Talvez alguns músicos também consigam, por meio de sua arte, fazer com que conheçamos alguma coisa profunda a respeito deles, mas não os cineastas. Ou talvez alguns poucos, sei lá. O lance é que as coisas mais obscuras são difíceis de serem postas para fora, e o cinema exige muita técnica, planejamento e financiamento para que isso seja possível. Além disso, ele oferece um monte de recursos tão cretinos quanto irresistíveis, e qualquer impulso artístico acaba se diluindo na arrogância e incessante busca pelo sucesso. Não existe nada mais falso que uma celebridade, e o cinema é o grande reduto dessa turma. Estou sendo metido e bobo, eu sei, mas confesso alguma gratidão à minha arrogância. Pelo menos sendo assim, esse reclamão mal resolvido, não faço nada, continuo tagarelando em vez de perambular por aí agindo, empreendendo uma coisa atrás da outra.

Empreendedorismo, eis o principal valor da nossa época. A Lisa menciona os empreendedores na sua carta, isso foi um troço que me marcou. Você pode ser de esquerda ou de direita, rico ou pobre, artista ou bárbaro, mas se não for empreendedor é carta fora do baralho. Não há nada mais natural que a tagarelice, a dúvida obsessiva, tomar-se de fantasias infantis quando já se é adulto. Algumas pessoas não são acometidas por esses terríveis obstáculos ao desenvolvimento e não enxergam como outras são, e por isso também são impregnadas de um sofrimento nebuloso e cheio de culpa, e de fato sofrem pra diabos, mesmo que sintam algum prazer nesse sofrimento. Os empreendedores impõem-se facilmente sobre esses cretinos confusos, numa espécie de seleção natural que se baseia em fatores absolutamente indeterminados, e não na lei de maior esforço e competência como se acredita que seja. Impõem, inclusive, valores morais: como se deve viver a vida e as etapas necessárias para se tornar um vencedor. Está tudo aí, à disposição de todos, quem não correr atrás é vagabundo.

No fim das contas podemos ver as coisas sob outro ponto de vista também. É bem possível que não haja nada mais humano do que cuidar da própria vida, se importar apenas consigo mesmo (e talvez com aqueles poucos a quem se ama) e cagar para todo o resto. É isso que muitos empreendedores fazem.

Na mesma medida em que a compreensão da complexidade humana é necessária para que possamos viver num mundo mais tolerante, ninguém se importa com o bem-estar do outro. É difícil dizer se alguém pode de fato ajudar o próximo ou se cada um vive sozinho na sua própria lama ou se esconde atrás de uma vida rasa.

Não adianta ficar pagando de filósofo para justificar a confusão e a miséria que se apoderam de mim. Me sinto um bobalhão dizendo isso, um autêntico republicano. E agora mais ainda, por pensar nos moldes da disputa política e moral estadunidense. Pro inferno com os Estados Unidos, ainda que a maioria de meus escritores preferidos sejam de lá. Talvez seja para lá que precisamos ir, Lisa e eu, para cumprirmos nossa jornada.

Ódio e medo me disputam a tapa, preciso chegar logo em Brasília. Ou ao menos em Catalão, antes que eu dê uma bofetada na Paula ou puxe esse brinco do tamanho de um bambolê da sua orelha.

Como se sua intuição feminina pressentisse minha vontade ou o fato de estarmos chegando em Catalão, Paula acorda num movimento brusco, como se tivesse tocado um despertador. Sem falar uma palavra ou sequer olhar para mim — pensando bem, por que ela haveria de falar comigo? —, ela fica em pé, pega sua mala rosa bebê com alguma dificuldade e volta a se sentar, ajeitando a bagagem grande e pesada no colo.

"Estamos chegando?", pergunto, antes de tudo quase que por obrigação. Paula assente com a cabeça, meiga, um pouco triste, como se estivesse brava comigo mas com vergonha de demonstrar.

Fico envergonhado, sem saber o que falar. Chegou a

hora da onça beber água, de descobrir se somos mesmo amigos, vizinhos de ônibus ou sei lá que diabos.

"Foi legal te conhecer", arrisco.

"Foi mesmo... Precisamos combinar de ir nesse jogo do Crac."

"Com certeza", respondo, sabendo que a chance disso acontecer é menor do que a do mundo acabar antes de 2100, o que não significa que seja nula ou absolutamente improvável.

O ônibus sai da estrada e invade um bairro escuro e calmo. Não tenho certeza, mas acho que as ruas são de paralelepípedo. Não há *uma* pessoa na rua, é um bocado assustador. Passamos agora por um posto iluminado mas vazio, com dois funcionários em pé, perambulando vagarosamente como se estivessem em órbita. A bem da verdade parecem dois mortos vivos. Ao lado do posto, um terreno enorme, ocupado por tratores distribuídos esparsamente, completa o cenário bizarro que me apresenta a cidade de origem da Paula e berço do todo-poderoso Crac. Mesmo antes dela descer começo a sentir saudades da minha vizinha, de tudo que não vivemos juntos nem nunca viveremos. É o tipo de saudosismo que indica uma vida miserável.

"Você tem *Orkut*?"

"Não, tenho *Facebook*."

"Que legal! Eu ainda não tenho *Facebook*, mas vou entrar. Me procura, Paula Faccioli."

"Procuro, sim."

Fico emburrado com a Paula ao mesmo tempo que sinto algum alívio por ela ter resolvido tão fácil nosso futuro. Se algum dia eu entrar no *Facebook* de novo é bem provável que a procure mesmo. E uma vez aceito como seu amigo, fuçarei na sua página, verei suas fotos abraçando o Quico em alguma praia, vivendo intensamente a vida e disseminando mensagens positivas. Depois procurarei uma Ana entre seus contatos. Se tiverem várias descobrirei qual é a Aninha, verei as fotos dela se estiverem liberadas, imaginarei como ela é uma boa pessoa e quanto eu poderia ser feliz ao seu lado. Depois fuçarei os amigos das duas, procurando por alguém que eu possa conhecer etc., etc., etc. Quando eu sair do *Facebook* algum tempo depois estarei me sentindo o mais miserável dos seres humanos.

O ônibus entra na rodoviária.

"Chegamos. Tchau, Nico", Paula se despede de forma seca mas simpática. Então beija minha bochecha e me dá um breve e atrapalhado abraço por sobre a mala gigante. Depois levantam sem muita cerimônia. Primeiro ela, depois a mala.

"Tchau, Paula. Manda lembranças pra Aninha."

Ela ri uma risada rápida, espontânea, mas um bocado maldosa, como se eu fosse um menininho bonitinho do maternal.

"Pode deixar. Aproveita a Chapada."

"Aproveito, sim."

Então, carregando a bolsa a sua frente, ela entra na fila das pessoas que desembarcarão aqui, que para minha surpresa sao muitas. Fico de pé para dar uma esticada nas pernas, apoiando o joelho direito sobre o assento quente. É uma posição um pouco desconfortável pois tenho que ficar corcunda para não bater a cabeça no bagageiro. Levanto o apoio de braço, me inclino em direção ao lugar onde estava a Paula e estico um pouco mais as costas. Daqui tenho uma visão quase completa do ônibus e aproveito para sacar a situação geral. Há vários lugares vazios já. O garoto de óculos com a camisa do "Exército de Cristo" está de pé com sua mãe, lá na frente. São os primeiros da fila esperando a porta abrir. Lembro da garotinha de conjuntinho rosa que brincava com ele na rodoviária. Ela já não está no ônibus, acho que desceu há algum tempo, em Uberaba ou Uberlândia. A bem da verdade, além de dois bebês incrivelmente comportados, que sentam com suas mães lá na frente, nos primeiros lugares, resta apenas o Catatau de criança no ônibus. Ele dorme profundamente encostado na sua mãe. Suspeito que ela tenha dado algum tranquilizante ao filho, mas isso não me incomoda. A porta já foi aberta e as pessoas vão descendo aos poucos, a Paula se arrasta por entre elas. Segurando a mala e sendo carregada pelo congestionamento, ela não anda com seu rebolado sensual, mas a visão de sua nuca me certifica de sua delicadeza e elegância.

Sento de novo.

Pela janela, vejo uma sala pitoresca no canto da rodoviária. Sobre cada parte da porta de vidro dupla há uma etiqueta branca com a inscrição "Real Expresso Fitness – sala de ativação" em texto estilizado azul e vermelho. No interior da sala, iluminada com uma luz fraca e esverdeada, há duas bicicletas ergométricas e uns quadrinhos ilegíveis dessa distância. Não consigo ver ninguém dentro da sala, mas não dá para dizer que esteja vazia pois minha visão só cobre metade do espaço. Acho a ideia dessa sala um pouco deprimente, mas logo me acho um burguês metido a besta por pensar desse jeito. Se eu fosse motorista de ônibus e ficasse dirigindo por horas intermináveis, acharia bem importante exercitar as pernas, fazendo o sangue circular um pouco. Desgaste físico é importante para manter a mente sã. Quando as minhocas se reproduzem em ritmo de barata na minha cabeça, se não saio para ver as crianças na praça perto de casa, preciso jogar uma bola, dar um rolê de bike ou até mesmo correr um pouco. É um recurso que funciona, pelo menos durante algum tempo, não uma espécie de terapia ou coisa do tipo.

Surge novamente o ronco do motor, e mais uma vez, talvez a última, sei lá, o ônibus dá a ré. Tento esticar as pernas no banco que antes era da Paula, mas logo percebo que é impossível ficar confortável ocupando os dois lugares. A posição mais adequada possível, por mais insuportável que seja, ou que esteja se tornando, é sentado normal mesmo. O banco da Paula viajará vazio a partir de agora, como foi até pararmos em Ribeirão. Aliás, voltará a pertencer à minha mochila. Pego-a da parte de baixo do assento, coloco ao meu lado e puxo de volta o encosto de braço.

11.

Saímos da rodoviária e voltamos às ruas escuras e desertas que antecedem a estrada. Estamos agora numa espécie de avenida que, embora ainda desabitada, é um pouco melhor iluminada, com lâmpadas amarelas e pálidas que a deixam ainda mais triste. Do outro lado da rua, sobre uma casinha térrea aparentemente fechada, um luminoso de neon roxo anuncia a Boate Paradise. Sou meio burro ou ingênuo para essas coisas, mas tenho quase certeza que se trata de um puteiro. É difícil saber se está funcionando, continuo sem ver ninguém, nenhuma pessoa mesmo, é uma verdadeira cidade fantasma. De repente fico angustiado até os dentes por não lembrar o nome completo da Paula. Que inferno! O pior é que não tenho a menor ideia, nem adianta ficar me torturando, achando que em algum momento vou lembrar. Quando ela me disse há poucos minutos não prestei atenção direito, nem imaginei que pudesse esquecê-lo, talvez porque estivesse nervoso ou constrangido com a despedida. Agora, se eu quiser achá-la, terei que vasculhar as comunidades do Crac, da Unaerp ou do Thievery Corporation no *Orkut*. Eu gostaria de manter contato com ela, ou pelo menos saber do seu paradeiro, mesmo que seja pela internet. Mas sei também que essa vontade faz parte de um "eu punheteiro" do qual estou tentando me livrar. Talvez sem sucesso, reconheço. Muito provavelmente esse tipo de coisa não muda. Agora já penso que estou exagerando com essa história de "eu punheteiro", que isso não passa de um complexo de culpa meio macabro, mas sei lá, vira e mexe tenho uns surtos meio cretinos de querer dar uma guinada na vida, como se estivesse seguindo passos de um livro de autoajuda. Acho que a consciência dessa cretinice desmotiva qualquer disciplina para tornar essa mudança possível, embora no fundo, ou talvez nem tão no fundo, não sei, eu reconheça que gostaria mesmo de mudar alguns aspectos enraizados da minha personalidade. Estou indo me encontrar com a Lisa, estaremos juntos em Brasília e depois no interior de Goiás. Só isso importa. Viver, não navegar. Ou navegar, sei lá.

Num impulso meio maluco e desajeitado, troco de lugar com a minha mochila. Agora estou no assento que há pouco pertenceu à Paula. Respiro fundo pelo nariz e sinto, ou talvez me lembro, não tenho certeza, do cheiro de seu perfume. Reparo no contato da minha cabeça com o encosto e sinto seu calor.

Pelo corredor caminha um tipo baixinho, com voz fina e passos curtos e firmes. Não tinha reparado nele até agora, é capaz que tenha subido em alguma parada. Veste uma regata branca dessas coladas no corpo, bermuda e uma sandália meio esquisita, tipo uma papete de couro. Deve ter uns trinta e cinco anos e raspa o cabelo para disfarçar a calvície. Uma de suas pernas exibe uma tatuagem meio indefinida que cobre a canela e a panturrilha. Deve ser algum dragão chinês ou coisa que o valha. Não gosto de tatuagem, acho uma vaidade idiota. Mas talvez isso se deva ao fato de eu conviver muito com jovens paulistanos descolados, que fecham os braços e pernas com *pin-ups*, tribais ou coisas do tipo, além de usarem alargadores de orelha, roupas justas e serem todos cheios de atitude. Ou talvez não. Talvez eu simplesmente ache tatuagem uma vaidade sem propósito mesmo.

Lembro agora, não sei bem por que, do quanto eu gosto do CD *O Grande encontro* (o primeiro). Me vem à cabeça agora a passagem de "Chão de giz" em que o Zé Ramalho canta "Não vou me sujar fumando apenas um cigarro". Lembro de um dia em que eu estava numa rede, na Ilha do Cardoso, depois de fumar um baseado, e essa música tocava em algum lugar distante, embora desse para ouvi-la perfeitamente. Lá pelas tantas comecei a pensar se ele quis dizer que não vai fumar nenhum cigarro porque não quer se sujar ou se vai fumar logo um maço inteiro para fazer valer a sujeira toda. Essa dúvida despertou o encadeamento de uma série de ideias interessantes, ainda que estéreis, mas que não pareciam estéreis e sim geniais no momento, que culminou com a conclusão de que ele não vai fumar nenhum cigarro e nem se sujar porque no próximo verso ele diz: "Nem vou lhe beijar gastando assim o meu batom".

Bons tempos esses, em que eu viajava para lugares como a Ilha do Cardoso, fumava maconha e tudo ainda estava por vir. No fundo eu sabia que tudo viria, mas as coisas pareciam tão distantes que eu me permitia em alguns momentos não me preocupar com nada, ainda que sofresse muito com um bocado de pequenas coisas. Lembro de outra música: "*Thirty-three*", do Smashing Pumpkins, que também tem uma passagem ambígua. Mas nesse caso, diferente da de "Chão de giz", em que acabei me convencendo de uma das interpretações, nunca soube ao certo o significado de "*tomorrow is just an excuse away*". Pode tanto significar que "amanhã é apenas uma desculpa distante" como "amanhã está a apenas uma desculpa de distância". Não importa, é óbvio. Mas não importa mesmo. O fato é que a lembrança dessa dúvida, dessa música, dessa época me deixa emocionado. Uma emoção bonita, positiva, uma espécie de saudosismo que consola, como se ontem fosse uma desculpa distante ou se esse consolo fosse a desculpa que falta para que chegue amanhã. Preciso dormir mas não sei como posso me ajudar. Poderia tomar um Dramin ou coisa do tipo, mas recentemente decidi que remédios são só para situações extremas. A verdade é que não trouxe remédio nenhum, e acho que daqui a pouco vou mesmo pegar no sono. Parece que no fundo, bem lá no fundo, uma certa serenidade toma conta de mim, mas sei lá, talvez não, as emoções são confusas e obscuras, e a tentativa de tentar apreendê-las de um jeito tão simples e instantâneo mostra que estou nervoso. Maldito estado pastoso. Sinto que preciso escovar os dentes, mas saber que eu não comi nada desde que escovei pela última vez, em Uberlândia, ou Uberaba, me traz algum alívio, porque no fundo não quero levantar e ir até o banheiro do ônibus. A lembrança mais próxima – não no sentido de tempo, mas de semelhança – que tenho de uma situação assim é de um dia em que fui dormir na casa da minha avó quando eu tinha uns dez anos. Foi pouco depois que meu avô morreu e minha avó estava muito triste, era de partir o coração. Então de vez em quando eu ia dormir lá, e minha mãe ou a mãe da Lisa me buscava no dia seguinte para me levar à escola. Nesse dia, depois de assistir à novela e tomar um chá com a minha avó, fui me preparar para dormir e me dei conta de que não só tinha esquecido a escova de dentes como o aparelho móvel, que eu só tinha que usar à noite. Acabei escovando os dentes com o dedo, o que deu a sensação de mais sujeira ainda, pois senti o quanto as gengivas estavam inchadas. Mais do que significar que a escovação estava indo de mal a pior e que a próxima visita ao dentista, em que tomaria mais uma bronca polida e cruel, não tardaria, fiquei com a impressão geral de imundície, de doença, como se meus dentes fossem cair a qualquer momento. Mas quando deitei na cama o que mais me incomodou mesmo foi a falta do aparelho. Sentia que minha boca estava inteira desajustada e que isso era grave. Parecia que meus dentes acordariam todos tortos e podres. Demorei horrores para pegar no sono, roçando os dentes e mexendo a mandíbula de um lado para o outro.

A lembrança da casa da minha avó me dá vontade de chorar. O pé direito alto, as salas espaçosas, os banheiros gigantes. A ineficiência dos cômodos, as lajotas vermelhas, os santos nas janelas. Os sofás de couro gasto, os brinquedos do meu pai, o cinzeiro do meu avô na mesa da copa. Poderia ir até Brasília lembrando de cada detalhe de uma época bonita e certamente turbulenta, mas o que fica é a beleza que não existe mais. Ela ainda mora lá, sozinha, ninguém conseguiu tirá-la da casa, nem a morte do meu avô, nem meus pais ou meus tios, nem a especulação imobiliária ou rolo compressor qualquer. Quando minha avó morrer, eu serei eu e ela, a resistência minada, o fio de vida invisível. Meus olhos estão molhados. Me dou conta disso e tudo volta ao normal. Qualquer emoção despertada volta para o canto que nunca explorei dentro de mim, a não ser por acidente, porque não sei o caminho e tenho medo de descobri-lo.

Quando eu era criança, achava que cavalos marinhos eram bichos grandes, do tamanho de um cachorro médio. Não sei como descobri que eram pequenos, do tamanho de um dedo. Mas nunca vi um ao vivo. Também nunca vi um camarão no mar. Fico pensando se eles ficam em cardumes ou sozinhos, cada um por si, se sabem nadar ou ficam inertes, sendo levados pela maré. A coisa mais fascinante que existe é o fundo do mar, mas lá no meio mesmo, onde nem os homens nem suas câmeras vão. Aquela escuridão absoluta, a milhares de metros de profundidade, terra de ninguém, onde o conceito de ser vivo difere do nosso. Os seres que vivem lá são o mais próximo do que pode ser a vida fora da terra.

* * *

Abro os olhos no ritmo da desaceleração do ônibus. Já estou acordado há alguns minutos mas não tive coragem de ver nem de pensar, só de ouvir. Mas agora eu vejo. E observo o dia querendo nascer sobre um campo esquisito que se estende vizinho à rodoviária. O céu de Brasília. Esse azul misterioso e acolhedor, escuro e claro ao mesmo tempo.

Por um momento, queria que a saída fosse do lado esquerdo. Desceria e me perderia para além do campo. Mas só por um momento. Viro em direção à luz branca do corredor e me dou conta do caos: pessoas afoitas arrancam malas do bagageiro e se empurram, tentando sair às pressas. Pego minha mochila e levanto também. O Catatau passa por mim sem se despedir. Com as mãos apoiadas em seus ombros, passa também a sua mãe.

Entro no corredor atrás dela e inicio a caminhada pela fila confusa e lenta. Tenho o cuidado de não olhar pela janela do lado direito, não sei bem por quê. Foco a atenção na nuca da mãe do Catatau, que está camuflada por seu cabelo despenteado.

Pouco acima da gola de lã, brilha o fecho de uma corrente dourada, que resiste às invasivas mechas escuras. Meu olhar se restringe a esse brilho, todo o resto desaparece.

De repente ele some também, como se sugado pela gravidade.

É a minha vez de descer a escada.

Sem pressa.

Um degrau de cada vez.

Caio Zerbini nasceu em 1980, na cidade de São Paulo, onde morou a vida inteira, com exceção de um período de dois anos — entre 1990 e 1992 — que passou em Boston, nos Estados Unidos. Formou-se em administração na USP e em rádio e TV na Faap. Trabalha no mercado audiovisual em diversas funções, do roteiro à direção. Em 2021, lançou o livro infantil *O tio + oito* (Editora Caixote). *Leyen* é seu primeiro romance.

Edição Bruno Zeni
Capa, projeto gráfico e ilustração Sílvia Nastari
Revisão Lila Zanetti

Dados Internacionais de Catalogação na Publicação (CIP)
(Laura Emilia da Silva Siqueira CRB 8-8127)

Zerbini, Caio
Leyen / Caio Zerbini; capa, Sílvia Nastari.
1ª ed. – São Paulo: Editora Quelônio: 2022.
(Coleção Valsa de Esquina, 13). 144 p.; 14 x 21,5 cm.

ISBN 978-65-87790-31-2

1. Ficção: Literatura brasileira 2. Literatura brasileira: romance I. Zerbini, Caio II. Nastari, Sílvia.

13-20224 CDD 869.93

Índices para catálogo sistemático:
1. Ficção: Literatura brasileira
869.93

Editora Quelônio

Rua Venâncio Aires, 1072
Vila Pompeia
05024-030
São Paulo - SP
www.quelonio.com.br

VALSA de esquina

Coleção de literatura brasileira contemporânea

VALSA
de esquina

/

A literatura atual desconhece limites de gênero, estilo ou tema: o romance se fragmenta, o conto e a crônica se enlaçam, indistintos, a ficção está permeada de memorialismo e fantasmagoria, a poesia deriva para o prosaico – ou retoma, ora sarcástica, ora elevada, o rigor formal. Nessa contradança contemporânea, a narrativa, a lírica, a crônica e a memória se atracam, furtivamente, em uma valsa desencontrada.

A coleção Valsa de Esquina toma emprestado o título de um conto de Dalton Trevisan, incluído em *Novelas nada exemplares*, primeiro livro do autor. Também presta homenagem às "Valsas de esquina" compostas para o piano por Francisco Mignone.

Fontes Neue Haas Unica Pro e Bembo
Impressão psi7
Tiragem 500 exemplares

Coleção Valsa de Esquina, volume 13
São Paulo, junho de 2022